Heinz Tovote

Mutter!

Ein Roman aus Berlin

Heinz Tovote: Mutter! Ein Roman aus Berlin

Entstanden im August 1889. Vorabdruck in »Moderne Kunst«, 1891/92.
Erstdruck als Buch: Berlin, Verlag von F. Fontane und Co., 1894

Neuausgabe
Herausgegeben von Karl-Maria Guth
Berlin 2020

Der Text dieser Ausgabe wurde behutsam an die neue deutsche
Rechtschreibung angepasst.

Umschlaggestaltung von Thomas Schultz-Overhage unter Verwendung
des Bildes: Paul Gauguin: Aline Marie Chazal, die Mutter des Künstlers,
um 1893

Gesetzt aus der Minion Pro, 11 pt

Die Sammlung Hofenberg erscheint im
Verlag der Contumax GmbH & Co. KG, Berlin
Herstellung: BoD – Books on Demand, Norderstedt

ISBN 978-3-7437-3552-1

Bibliografische Information der Deutschen Nationalbibliothek

Die Deutsche Nationalbibliothek verzeichnet diese Publikation in der
Deutschen Nationalbibliografie; detaillierte bibliografische Daten sind
im Internet über www.dnb.de abrufbar.

Geleitwort

Da das vorliegende Buch ein wenig spät an die Öffentlichkeit kommt, muss ich ihm ein paar Worte mit auf den Weg geben.

Geschrieben ist der Roman »Mutter!« vor bereits drei Jahren im August 1889, und dann 1891/92 in der »Modernen Kunst« zum Abdruck gelangt.

Der Roman liegt zeitlich vor dem »Liebesrausch« und dem noch später spielenden »Frühlingssturm«, in welchem eine Episode des ersten Buches einige Personen aus der »Mutter!« wiederaufnimmt, während ein letzter Roman »Das Ende vom Liede«, dessen Herausgabe für nächstes Frühjahr (1898) festgesetzt ist, den Schluss dieser ganzen Romanreihe bringt.

Der Inhalt dieser vier Bücher geht in bewusstester Absicht nicht über den engen Rahmen hinaus, den ich mir gesteckt habe.

Fragen, die nicht im innigen Zusammenhange zu dem angeschlagenen Thema stehen, habe ich zu berühren vermieden, aus Gründen, die ich in der Vorrede zum Liebesrausch ausführlich behandelt habe.

Trotz aller Erklärung aber ist mir der stetig wiederkehrende Vorwurf nicht erspart geblieben: Über meinen Stoff käme ich nicht hinaus, ich sei verbohrt einseitig, ein talentvoller Spezialist, nichts weiter, und so fort. –

Ich verstehe nicht recht, weshalb man gerade von mir immer fordert, ich solle mich den großen Fragen der Gegenwart zuwenden, und politische und soziale Romane schreiben. – Ja, man hat sich sogar zu der Behauptung verstiegen, ich ginge allen solchen Fragen direkt aus dem Wege, sie rührten mich nicht, und ich hätte kein Verständnis dafür, einzig Auge und Ohr für Liebesgeschichten.

Dabei vergisst man, dass ein Buch fast immer ein paar Jahre später erscheint als es geschrieben ist, und dass die von mir im Druck vorliegenden Werke seit Jahren vollendet sind, während ich längst mit viel ernsthafteren Studien beschäftigt bin.

Ich wage es eben nicht, mit keckem Übermut Vorgänge zu schildern, denen ich noch ferner stehe, die ich nicht selbst gesehen, an denen ich nicht teilgehabt habe. Man darf von meiner Jugend nicht Dinge erwarten, die ich einfach nicht leisten kann, wenigstens solange nicht, als bis ich hinreichenden Einblick in die Verhältnisse erlangt habe. – Dabei hege ich das begründetste Misstrauen gegen die oft so urteilslos gepriesene Art des Experimentalromans; ich meinerseits lasse die Dinge in ihrer Natürlichkeit an mich herantreten, und wenn sich dann nach gewisser Zeit ein Überblick gibt, kann ich an die Gestaltung des Romanes gehen. Ich begnüge mich damit, Erlebnisse und Ereignisse wiederzugeben, für die ich redlich Zeugnis ablegen kann.

So glaube ich den Anforderungen, die man an den modernen Roman stellen muss, am ehesten zu genügen: Dokumente zu geben, und beizutragen, ein Bild unserer Zeit zu entwerfen.

Und zu diesem vollständigen Bilde gehören mit zwingender Notwendigkeit all die von mir bisher behandelten Stoffe, weil sie einen fast unheimlichen Einfluss auf unsere Generation ausüben und vieles zu erklären imstande sind.

Ich betrachte dieses Romanquartett nur als ein Präludium, ein Satyrspiel, das umgekehrt wie bei den Griechen, der Tragödie vorausgeht. – Der großen Tragödie des modernen Lebens kann der Romandichter nur viel später nachstammeln; er muss sich begnügen, die Eindrücke festzuhalten.

Auf die Ereignisse selbst kann sein Buch nicht einwirken, die Fragen unserer Zeit können durch den Roman nicht beantwortet werden, deshalb ist es müßig, derartige Forderungen zu stellen.

Ob bei der Behandlung der Parteihetzereien, des Klassen- und Rassenhasses, der Schilderung unserer traurigen sozialen Verhältnisse und all der auf der Tagesordnung stehenden Fragen der Jetztzeit etwas Erbaulicheres herauskommen wird, als ich auf anderem Gebiet bisher geschildert habe, möchte ich ein wenig bezweifeln, vielmehr glaube ich, dass ich damit aus dem Regen in die Traufe kommen werde.

Den Forderungen der Zeit kann und darf sich niemand verschließen, und ich habe jeder Lebenserscheinung um mich her aufmerksamste Beobachtung zugewandt, die ihre Früchte zeitigen wird, wenn auch nicht von heute auf morgen. Der vorliegende Roman ist eine bescheidene Einzelstudie, ein Vorgang aller einfachsten Art, der sich wie alles im Leben hundertfach in ganz gleicher Weise wiederholt. Ich habe nichts weiter beabsichtigt, als Stimmung zu erwecken, ohne dass ich auf Handlung Gewicht gelegt, oder andere als die einfachsten Mittel psychologischer Darstellung angewandt habe.

Es ist eine Art lyrischer Episode, auf die jene törichte, aber immer sich erneuernde Forderung: »Der Roman soll ...« gar keine Anwendung finden kann.

Ohne also derartige Ansprüche zu erheben, lasse man dieses rein impressionistisch gehaltene Büchlein auf sich wirken.

Friedenau, September 1892.

Heinz Tovote.

1.

In sonniger Morgenfrühe, zu dreien, waren sie vom schwedischen Pavillon aus auf den Wannsee hinausgerudert, und hatten sich nach halbstündiger Fahrt durch eine enge Schilfgasse und dann unter der schmalen Brücke des Kladower Sandwerders durchgezwängt, wo das Boot scharf über den flachen Kies knirschte.

Nun ließen sie sich mit eingezogenen Riemen auf der breiten Havel treiben, bis sie an dem steilen Wiesenhange des Fichtenwaldes eine Stelle entdeckten, die zum Landen günstig schien.

Zwischen den knisternden scharfen Schilfschwertern und den brechenden, dunkelgrünen Binsen hindurch lief der Kahn auf das Land, und sie sprangen alle drei aus, trieben einen Stock in den weichen Sumpfboden, aus dem bei jedem Schritte das Wasser quoll, und befestigten den Kahn daran.

Dann keuchten sie die steile, fast ungangbare Böschung hinauf, die mit lang wehenden Gräsern, dürr und breit wie Schilfgras, bewachsen war, bis sie in den Wald gelangten, von wo man weit über die Bucht hinausblicken konnte, deren Wasser im Sonnenlichte wie im Schmelzkessel zitterndes Silber vibrierte.

Unter ein paar schlanken, weißstämmigen Birken suchten sie sich einen schattigeren Platz zum Lagern und warfen sich ermattet vom Rudern auf den Boden, dicht am Hange, sodass sie zugleich die breite Havel und den Wannsee überblicken konnten.

Es war mittagsstill im Walde.

Nur zuweilen klang aus weiter Ferne der schwache, eintönige Ruf eines Kuckucks. Sonst regte sich nichts.

Die Sonne flitterte durch die hochschlanken Stämme der Fichten, rötete die braune abblätternde Rinde, dass die Bäume bis zu ihren dunklen Nadelwipfeln zu erglühen schienen, und warf breite, verschwimmende Flecke von Goldschein auf den dürren sandigen Boden, den nur hie und da ein kümmerliches Grasfleckchen mit schmutzigem Grün unterbrach.

Der scharfe Duft der trocknen, den Boden bedeckenden Nadeln umzitterte sie, ein prickelnder Harzgeruch, der einlud zum Schlafen und zum Träumen. –

Lautner lag auf dem Rücken und hatte sich mit einem großen gelbseidenen Taschentuche das Gesicht gegen die tanzenden Mücken bedeckt.

Willy Braun lag auf dem Bauche und schlug regelmäßig mit den Absätzen aneinander, während er an einem abgerissenen Grashalme sog, und dabei aufmerksam einer kleinen schwarzen Ameise zusah, die sich abmühte, ein Krümchen fortzuschaffen. Die Last war vierfach so groß als das Tierchen, dennoch bewältigte es jedes Hindernis und gelangte bald zu der mächtigen Fichte, wo ein ganzes Heer in überhastiger Geschäftigkeit auf und ab lief.

Der junge Mann stützte die Ellenbogen lässig auf die Erde und sah vor sich hin, regungslos, nur mit den gen Himmel starrenden Füßen machte er noch zuweilen eine halbausgeführte Bewegung.

»Sie ... Lautner!«, rief Adolf Wurm mit seiner krähenden Stimme und fuhr sich hastig aufgeregt durch seine wilde Künstlermähne.

»Is' denn los? Lasst einen doch mal in Ruh. Ich möchte wirklich gern ein bisschen schlafen.«

Dabei blieb er ruhig auf dem Rücken liegen, und seine Stimme klang durch das sein Gesicht bedeckende Tuch hohler, wie von weit her.

»Sie sollten sich nur mal das Bild ansehn. Das wäre so was für Sie. Der Philosoph – oder der Träumer, oder sonst was ... Sehn Sie doch mal, wie Braun daliegt.«

»Ach was!«

»Sie sind ein undankbarer Mensch. Wenn man Ihnen die schönsten Stoffe zu 'nem realistischen Bilde geben will ... o Undank ... o Jugend!«

»Ach was, Unsinn!«

Wurm seufzte pathetisch und pfiff dann leise für sich hin. Da Lautner sich nicht regte, betrachtete er seinerseits Willy Braun, wie er, die Augen forschend auf den Boden geheftet, im Grase lag.

Mit seinem grauen, modischen Anzuge war Braun für einen Philosophen eigentlich zu elegant. Es lag ein Widerspruch zwischen der Natur und diesem jungen Manne mit seinem etwas blassen Gesichte und den frauenhaft weißen Händen, die jetzt achtlos einen Grashalm nach dem anderen abrupften.

Wurm kam sich ihm gegenüber beständig so verlegen linkisch vor, mit seiner zum Vagabundieren geneigten Natur, mit seiner unausrottbaren Vorliebe für den langflatternden Schlips und den großen breitkrempigen Hut, der in ihm den Künstler zeigen sollte; wenn man auch wohl nicht leicht auf einen Musiker raten konnte.

Und auch dieser Lautner ging immer so scheußlich elegant, so ohne jede Spur von Romantik. Alles an ihm war prosaisch, von den kurz geschorenen Haaren bis zu seinen widerborstigen Gedanken, mit denen er sie zu entsetzen pflegte; obgleich sie im Laufe der Zeit schon daran gewöhnt sein konnten.

Er hatte heute ein Wort fallen lassen von einem ersten großen Bilde, das er beginnen wollte, nachdem er sich bis jetzt nicht über Studien hinausgewagt hatte, – allein ganz gegen seine Gewohnheit hüllte er sich ihren neugierigen Fragen gegenüber in tiefes Stillschweigen.

»Das mochte was Rechtes werden«, dachte Wurm bei sich, und fuhr sich langsam selbstgefällig mit kühner Geste durch sein langes blondes Haar. Dann zog er seine langen Beine, die ihm stets im Wege waren, an sich und rutschte bedächtig ruckweise zurück, bis er mit dem Rücken an einen Baumstamm lehnen und nun über den See blicken konnte, auf dem kleine weiße Segelboote eilfertig hin- und herschossen, während die mächtigen grauen Leinwandflächen der schweren Lastkähne sich breit im Winde blähten, – und ganz in der Ferne, fast am anderen Ufer, ein Schleppdampfer mit drei Zillen seine schwarze Rauchfahne flattern ließ.

Die tiefe Stille ringsum ärgerte den Musiker, – die anderen beiden taten auch den Mund nicht auf, und so summte er vor sich hin, eigne und fremde Melodien, wie sie ihm in den Sinn kamen.

Dann hob sich eine Weise voller heraus, eine Melodie, die ihm neulich mal gekommen war, wie das zu geschehen pflegte; und die ihm gefiel mit ihrer Eintönigkeit. Und indem er seinen Stock wie eine Gitarre in den linken Arm legte, begleitete er sich mit karrikiert tragischen Bewegungen und summte dazu mit seiner spröden, ungelenken Stimme eine monoton schwermütige Melodie, klagend, wie die eines Volksliedes, mehr gesprochen als gesungen:

Es hatte mal ein Knabe ein Mädchen lieb,
　Tralla lan lan lar ...
　Tralla lan lan la ...
Es hatte mal ein Knabe ein Mädchen lieb
Das Mädchen nur sein Spiel mit ihm trieb.

Sie bat und sprach: »Bring mir zur Stund«
　Tralla lan lan lar ...
　Tralla lan lan la ...
Sie bat und sprach: »Bring mir zur Stund
Deiner Mutter Herz für meinen Hund!«

Er lief und erschlug sein Mütterlein,
　Tralla lan lan lar ...
　Tralla lan lan la ...
Er lief und erschlug sein Mütterlein,
Und brachte ihr Herz der Liebsten sein.

Er fiel, weil er so eilen wollt' –
　Tralla lan lan lar ...
　Tralla lan lan la ...
Er fiel, weil er so eilen wollt' –
Und das zuckende Herz auf die Erde rollt.

Und als das arme Herz im Staube lag –
　Tralla lan lan lar ...
　Tralla lan lan la ...
Und als das arme Herz im Staube lag –
Da hörte er, wie es zu ihm sprach.

Und es fragte das Herz unter Tränen lind:
　Tralla lan lan lar ...
　Tralla lan lan la ...
Und es fragte das Herz unter Tränen lind:
»Hast du dir auch nicht weh getan, mein Kind?«

Es war wieder still geworden.

Die Luft hing dunstschwer, reglos zwischen den Fichten, Lautner hatte sich halb aufgerichtet und auf die Hand gestützt. Willy Braun hatte die schwarze Ameise längst aus dem Gesicht verloren, sah aber noch immer vor sich hin, nach einer blassroten Kuckucksnelke, während Wurm langsam, klagend wiederholte:

»Hast du dir auch nicht weh getan, mein Kind?«

Dann verklang die Melodie, deren Refrain Braun zuletzt leise mitgesummt hatte, und alle drei schwiegen wieder.

»Sentimentaler Quatsch!«, störte Lautner mit seiner härter als gewöhnlich klingenden Stimme die tiefe Stille.

An demselben Augenblicke schwang sich von einer der nächststehenden Fichten eine große Krähe und klatschte unter heiserem Krächzen schwer nach dem See hin, wo sie über die helle Wasserfläche hintaumelte.

»Ein Kollege von Ihnen, Lautner!«

»Es brüllt um Rache das Gekrächz der Raben!«, fügte Braun lachend hinzu. »Kannst du denn gar nicht anders sein, Fritz! – Nicht einmal draußen in der freien Natur?«

»'ne nette Natur das hier; nichts als Sand und Fichtennadeln – und Bäume, wie Schwefelhölzer, die ein Kind in die Erde gesteckt hat. Und das nennen diese Menschen Natur. – Heiliger Brahma! – Höchstens der See, der könnte vielleicht ein Bild geben.«

Braun überhörte, was jener sagte und wandte sich zu Wurm, der der Krähe nachsah:

»Woher haben Sie das wieder, Würmchen? Ich meine natürlich den Text, denn dass Sie selbst dazu die Musik verbrochen haben, rieche ich dem Dinge ohne Weiteres an.«

»Ich weiß nicht mehr. Irgendwoher gestohlen, in irgendeinem französischen Schmöker gefunden.«

»Natürlich ein sentimentaler Franzose, das konnte man sich denken«, knurrte der Maler. »Da verfängt so was immer. Was geht uns das nun an? – Es braucht nur ein Schauspieler ›Oh ma mère!‹ zu schluchzen, und ein ganzes Theater voll auf der Höhe der Zivilisation stehen wollender Menschen ist zu Tränen gerührt.«

»Ist das Lied vielleicht nicht gut?«

10

»Gut! Ach was gut«, grollte Lautner.

»Und ist nicht die Mutterliebe eines der aller edelsten und menschlichsten Gefühle?«

»Gott ja, das ist alles ganz schön und erbaulich mit der Mutterliebe … aber zum Teufel noch mal, zum Beispiel das Mädchen, von dem in diesem Liede die Rede ist, das wird doch auch mal Mutter, dieses herzlose, gemeine Frauenzimmer, wenn wir es einmal so auffassen wollen – und dann? – Na, wie ist die Geschichte dann – he? – ihr ganz Gescheiten?«

Einen Augenblick waren die beiden verblüfft. Dann antwortete Braun:

»Du, das ist schrecklich einfach: Dann ist sie ja eben Mutter! – Das Mädchen ist gegen ihren Geliebten herzlos, gewiss; … sie spielt mit ihm, sie treibt ihn sogar zu einem Verbrechen. Für ihre Kinder aber würde auch sie ohne Zaudern ihr Leben hingeben. Sie steht da eben in einem ganz anderm Verhältnisse. Das hat nichts miteinander zu tun.«

»So? – Hat es das nicht? – Das hat nichts miteinander zu tun? – Das ist ja riesig nett. Und wenn nun einmal eins der Kinder erfährt, was früher geschehen ist, was dann? … Ihr Weisen aus dem Morgenlande? – Nun wie steht es dann?«

»Aber Lautner, du bist heute unbezahlbar. Das hat doch gar nichts damit zu tun. Es ist auch so leicht nicht denkbar, dass …«

»Also Vertuschung, nichts weiter! – Es ist so leicht nicht denkbar! – Na ja, es ist mal gewesen; und nun wird nicht mehr davon gesprochen, es erfährt niemand. Die Vergangenheit ist begraben – und die holde Gegenwart baut sich auf einer Lüge auf. – Nur immer zu! – Und wenn dann eines Tages das luftige Kartenhaus zusammenbricht – he? – Dann haben wir die Bescherung. Prostemahlzeit!«

Er brach ab, und richtete sich auf, als ob er erwarte, dass einer von ihnen das Thema aufnehmen würde, allein die beiden schwiegen, weil sie wussten, es war das Beste.

Das ärgerte ihn nun wieder. Weshalb widersprachen sie ihm nicht? Sie schienen sich das fast zum Prinzip gemacht zu haben, ihn reden zu lassen, ohne ihn zu widerlegen, als seien seine Worte es nicht wert. –

Er sprach doch nicht in den Wind, so wie der Kuckuck, der ihnen jetzt näher gekommen war, in den leeren Wald hineinrief.

»Mutterliebe! – Das lasse ich mir noch gefallen, meinetwegen … es ist so was Instinktives. Die Tiere haben sie ja auch. Aber die Liebe des Kindes zu den Eltern – das ist mehr oder weniger etwas rein Konventionelles. – Weshalb denn? – Die Natur kennt sie nicht, da gibt es keine Aufopferung der Jungen für die Alten. Das ist uns nur anerzogen – nichts als elende Sentimentalität. Und selbst die Mutterliebe findet sich schließlich immer seltener in der Welt, und nächstens ist sie ganz ausgestorben. Sie passt auch gar nicht mehr in unsere geschäftsmäßig praktische Zeit.«

»Na warten Sie, Lautner, wenn das wirklich geschieht, dann kommen Sie nach ihrem Tode gewiss ins Museum. Dafür sorge ich dann schon.«

»Und weshalb, liebes Würmchen?«

»Als letzter der Mohikaner, als eines der schönsten Beispiele der Aufopferungsfähigkeit eines Sohnes für seine Mutter. Nun machen Sie bitte nicht so ein Gesicht, oder ich erzähle Braun einfach alles. Und jetzt reden Sie nicht länger Unsinn, sonst machen Sie mir Braun noch wild, Sie wissen recht gut, Spötteleien auf diesem Gebiete gehen ihm über den Spaß.«

»Na ja, schließlich … es ist nicht jeder so glücklich, eine Mutter zu haben, wie er.«

»Oder wie Sie, Lautner.«

»Ja, meinetwegen, oder wie ich.«

Willy Braun regte sich nicht, er spielte mit seinem Grashalme weiter, den er zwischen den Fingern quirlen ließ.

Eine Wolke schob sich über die Sonne. Die Landschaft bekam dadurch ein ganz anderes Aussehen.

Weit aus der Ferne klang das Rollen und Stampfen eines Eisenbahnzuges.

Wurm hatte sich zu Lautner gewandt und fragte leise, sodass er es nur allein hören konnte:

»Was sollte das denn alles nur wieder?«

»Ach was! … Lass mich!«

Damit stand er auf, nahm seinen im Grase liegenden Hut, und ließ die beiden Freunde allein.

»Was ist denn mit ihm?«, fragte Will, als er außer Hörweite war.

»Was er hat? 'ne verrückte Stimmung. Das kommt so zuweilen wie ein aufsteigendes Gewitter über ihn. Nachher ist alles wieder gut.«

»Sonst weiß er doch seine eigne Mutter nicht genug zu loben.«

»Na gewiss.«

»Nicht wahr, er erhält sie völlig?«

»Gewiss, das tut er. Es gibt ja keinen Menschen, der unbedenklicher sein Letztes opfern würde. Er ist von einer Selbstlosigkeit, wie ich sie nicht wieder kenne. Das alles sind alberne Schrullen. Was ihn nur wieder auf diese dummen Gedanken gebracht hat?«

»Wieso, – was ist denn mit ihm, Wurm?«

»Was ist? – Ja so, wissen Sie denn nicht?«

»Ich wüsste nicht ...«

»Aber Sie stehn ihm doch hundertmal näher als ich. Sie duzen sich ja.«

»Allerdings; aber deshalb ...«

»Das ist doch kein Geheimnis. Ich glaubte sicherlich, er hätte schon mit Ihnen darüber gesprochen, dass er, na ja, dass seine Mutter nicht verheiratet war.«

»Aber kein Wort!«

»Sehn Sie – und das nagt nun oft an ihm. Vielleicht am meisten, weil er nicht weiß, wer sein Vater ist. Das hat sie ihm trotz all seiner Bitten nicht gestehen wollen. Nun begreifen Sie auch wohl, weshalb er zuweilen so schroff in seinem Urteil ist. Er kommt noch immer nicht über den Zwiespalt hinweg, gerade weil er mit einer fast schwärmerischen Liebe an seiner Mutter hängt, was man ihm bei seinem scheinbar so kalten Wesen nicht zutrauen sollte. – Er glaubt ja kein Wort von dem, was er eben gesagt hat.«

Wurm schwieg und sie sahen zu dem jungen Maler hinüber, der, den Hut in der Hand, zwischen den gradlinig schlanken Fichtenstämmen hinschlenderte, den Blick zu Boden gesenkt, als ob er etwas suche.

Will Braun, den Lautners Redeweise eben noch auf das Tiefste verletzt und empört hatte, wäre jetzt am liebsten zu ihm geeilt, um ihm mit einem Händedruck Abbitte zu leisten.

Wie hatte er das auch wissen können. Jetzt wurde ihm so vieles verständlich, was er bis dahin mit dem eigentlichen Wesen Lautners nicht hatte in Einklang bringen können, und er fühlte, dass er ihm in diesem Augenblicke näher gekommen war, als jemals.

»Verkrümeln Sie sich nur nicht, Lautner«, rief Wurm dem im Walde verschwindenden nach, der auf den Ruf hin umkehrte und sich langsam wieder zu ihnen gesellte.

Eine Weile blieben sie noch im Grase liegen, bis von dem Wasser her eine erste frische Brise wehte, sodass sich alle Segel mit einem Schlage stärker blähten und das Schilf ineinander rauschte und sie aus ihren Träumereien erweckte.

»Wollen wir nicht endlich weiter?«

Die anderen nickten, und sie eilten halb laufend die grasbewachsene Böschung hinunter, um zurückzufahren, dieses Mal mit Zuhilfenahme des Segels.

Auf der ganzen Fahrt konnte Willy Braun, der am Steuer saß, es nicht lassen, Lautner heimlich zu beobachten.

Es war, als habe er eine ganz neue Seite an dem Freunde entdeckt, als sei ihm zum ersten Male der Blick in sein Innerstes eröffnet.

Das Segeln ward ihnen auf die Dauer zu langweilig, und sie holten ein, um zu rudern.

Während das Boot durch die Wellen schoss und die Ruder mit gleichmäßigem Schlage in das ziehende Wasser tauchten, stimmten sie einen munteren Gesang an, und die eigentümliche, fast schwermütige Stimmung, die sich Brauns bemächtigt hatte, wich allmählich dem Wohlgefühle, so leicht, fast wie im Fluge, über den hohe Wellen werfenden See hinzugleiten. –

2.

Die Morgensonne lag breit und ruhig auf dem Pariser Platz, auf dem ein roter Sprengwagen langsam schläfrig seine nassen Kreise zog. Vereinzelt zwängte sich eine Equipage oder eine Droschke durch die grauen Riesenpfeiler des Brandenburger Tores.

Auf der schattigen Südseite der Linden einige spärliche Fußgänger. –

Fritz Lautner war mit Wurm, der sich für alles, was bildende Kunst hieß, in helle Begeisterung redete, im Neubau des Reichstagsgebäudes gewesen, wo einer ihrer Bekannten arbeitete.

Sie schlenderten jetzt langsam der Friedrichstraße zu.

Vor den Schaufenstern von Honrath und von Baerle blieben sie stehen, um sich die neu ausgestellten Gemälde zu betrachten, ein neues, kokett süßliches Bild von Kiefel und ein Kinderporträt von Koppay.

Lautner warf einige seiner boshaften Bemerkungen hin, als ihn Wurm anstieß, und sie sich beide umwandten, um Willy Braun zu grüßen, der mit einer Dame aus der Wilhelmstraße kam.

Die Dame trug ein schlichtes graues Kleid mit unten herum drei schwarzen Samtstreifen und gleichen schwarzen Aufschlägen.

Sie war schlank, fast zu zart gewachsen, und reichte ihrem Begleiter kaum bis zur Schulter.

Als sie die beiden jungen Leute bemerke, grüßte sie ihnen freundlich zu, wobei Wurm ein schmales, etwas bleiches Gesicht zu sehen bekam, in dem zwei große dunkle Kinderaugen zu brennen schienen.

Alles an ihr war zierlich, dennoch aber Haltung und Gang stolz und kraftvoll. In der jugendlichen Toilette, dem eng anschließenden Kleide hatte sie etwas durchaus mädchenhaftes, erst wenn man genauer aufachtete, war es nicht schwer zu erkennen, dass sie schon in den Dreißig sein musste.

Wurm sah ihr unauffällig nach, wie sie leicht und sicher elegant dahinschritt und jetzt am Ende der Häuserreihe den hellen Sonnenschirm aufspannte.

»War das Braun seine Schwester?«

»Seine Schwester?«, fragte Lautner erstaunt. »Ach so – es ist zu merkwürdig … aber kein Mensch hält die Dame je für das, was sie wirklich ist.«

»Für was denn?«

»Für Wills Mutter.«

»Seine Mutter? … Seine Stiefmutter!«

»Gott bewahre! Seine richtige Mutter. Sie sehen sich ähnlich wie ein Ei dem andern.«

»Seine richtige Mutter?«

»Natürlich! – Frau Doktor Braun ist jetzt – warten Sie mal – ja, sieben- oder achtunddreißig. Jawohl, mein Verehrtester, sehen Sie mich nur so an. Man sieht ihr das gewiss nicht an, aber es muss wohl so sein.«

»Das hätte ich nicht geglaubt.«

»Und hätten diesen Unglauben mit vielen geteilt. Will beträgt sich ihr gegenüber auch kaum wie zu einer Mutter, fast wie verliebt. Ich habe selten ein herzlicheres Verhältnis gesehen, als zwischen den beiden. Die machen meine neulich aufgestellten pessimistischen Paradoxe völlig zuschanden.«

»Das kann ich mir denken.«

»Er vergöttert sie fast, und das ist gefährlich. Er wird allzu sehr zum Muttersöhnchen, immer an der Schürze und vergibt seiner Individualität zu viel. Er tut wahrhaftig keinen Schritt, ehe sie ihm nicht ihren Rat erteilt hat, – und das ist bedenklich. Es wäre gut, wenn er mal von Berlin fort käme in andere Verhältnisse, und ihr nicht immer auf dem Schoße hocken könnte.«

»Er ist doch noch so jung.«

»Ach was, jung! Man kann gar nicht früh genug flügge werden. Nehmen Sie mich mal an: Ich habe solch eine Verzärtelung und Verpäppelung nie gekannt, und ich denke, es ist mir vorzüglich bekommen.«

»Sie sind gut bekannt bei Brauns, Lautner? – Nicht?«

»O ja! – Sie haben draußen in Charlottenburg 'ne riesig nette Villa. Ich kenne die Familie eigentlich durch Professor Reinhold Petri. – Das Haus liegt schräg gegenüber, und er geht bei ihnen ein und aus, – und ich lasse mich dreimal hängen, wenn sich nicht in all seinen Arbeiten irgendein Zug findet, der an die schöne Frau Braun erinnert. Das scheint ihm ganz in Fleisch und Blut übergegangen zu sein.«

Sie waren bis zur Friedrichstraße gekommen und mussten wegen einer Wagenstockung ein paar Augenblicke vor Kranzler stehen bleiben.

Nach einer Weile fragte der Musiker:

»Brauns haben doch eine chemische Fabrik, nicht?«

»Ja! Das heißt: gehabt! Vor Kurzem ist der ganze Krempel verkauft. Mich wundert eigentlich, dass Willy Jurist geworden ist, statt die Fabrik mal zu übernehmen. Er interessiert sich doch für solche Sachen sehr. – Ich würde mich keinen Augenblick bedenken, wenn ich vor der Wahl stände. – Ich glaube, die Frau Mama hat da mal wieder die zarte Hand im Spiele gehabt. Er soll was werden, darauf gibt sie kolossal. Und dann ist es auch verzeihlich, seit der Doktor mal Unglück mit 'nem Experimente gehabt hat, das beinah ganz schief ausgegangen wäre. Das ist sicher nicht ohne Einfluss geblieben. Übrigens, wenn Sie das so interessiert, können wir dieser Tage mal hinausgehen, wenn Braun draußen ist, an irgend 'nem Sonn- oder Feiertage. Er hat Sie doch schon lange eingeladen. Meinetwegen gleich nächsten Sonntag, wenn es Ihnen recht ist.«

»Aber gewiss, mit Vergnügen.«

»Sie gehn jetzt zur Bibliothek?«

»Ja, ich habe mir ein paar Sachen in den Lesesaal bestellt. Die verfallen sonst heute.«

»Na, dann auf Wiedersehn! Also es bleibt dabei, nächsten Sonntag.«

»Schön! … Auf Wiedersehn!«

Inzwischen war Willy mit seiner Mutter langsam die Ahornallee entlang gegangen, um sie zur Tiergartenstraße zu begleiten, wo sie einer Freundin einen Besuch machen wollte.

Die Begegnung mit den beiden Freunden hatte in ihm die Erinnerung an ihre Fahrt auf dem Wannsee wachgerufen, und er grübelte aufs Neue über die fast beleidigend gleichgültigen Worte nach, die Lautner damals hingeworfen hatte.

Schon am folgenden Tage, als er seiner Mutter gegenübertrat, hatte er lächeln müssen – das war nicht möglich, dass eine Frau zugleich eine grausame Geliebte und eine zärtliche Mutter sein konnte. Und wenn es auch solche Wesen geben mochte, was brauchte er sich darüber den Kopf zu zerbrechen? –

Und über jene Bemerkung Lautners, die ihm Wurm voller Entrüstung nachher mitgeteilt hatte: jede Mutter sei doch schließlich das Weib ihres Mannes, ging er hinweg, weil er kein Verständnis dafür besaß. Und so schritt er neben der Mutter hin, unter den Laubgängen des Tiergartens, in dieser ruhigen Vormittagsstimmung, die hier träumte.

Wie zärtlich er auf sie niederblickte, – während sie neben ihm hinschritt, und manch ein Blick ihnen folgte.

Sie musste zu ihm aufsehen, denn er war um mehr als einen Kopf größer als sie, und sie wunderte sich zuweilen, dass dieser große breitschultrige Junge, dieser sehr ansehnliche Herr, vor dem alle Welt einen ziemlichen Respekt hatte, ihr Kind sei … ihr Kind!

Wenn sie sich dagegen hielt mit ihrem zarten schlanken Körper, den feinen gebrechlichen Gliedern; die sich trotz ihres Alters wie ein Kind vorkam, – dann musste sie lächeln; aber es war ein Gefühl von Stolz und unnennbarem Glücke, das sie erfüllte.

Er hatte nie vor ihr den gehörigen Respekt gehabt, vor seiner kleinen Mama, die er schon als fünfzehnjähriger Junge durch den ganzen Garten trug, und die er mit einer scherzenden Naivität, die er einmal, er wusste selbst nicht wie er dazu kam, mit ihren Vornamen nannte: mein kleines Annerl, oder auch Frau Doktorchen.

Sie hatten fast immer wie zwei Kinder miteinander gespielt, und als er älter wurde, wurden sie wie zwei gute Freunde und Kameraden.

Sie hatte jung geheiratet, als sie kaum das Spielzeug aus der Hand gelegt, und deshalb alberte sie mit dem kleinen Willy genauso, wie kurz zuvor noch mit ihren Puppen.

Was sollte sie auch sonst beginnen? – Sie hatte so gar nichts zu tun. Vom Hauswesen verstand sie nicht das Geringste. Sie sollte sich auch nicht darum kümmern, das wollte Braun nicht. Dazu hatte man seine Leute. Und sie fühlte auch gar keine Neigung, sich in der Küche aufzuhalten, oder frische Wäsche einzuzählen. Der Geruch schon verursachte ihr Kopfschmerzen.

Wenn sie nicht Besuche machte, was in den ersten Jahren ihrer Ehe geradezu eine Leidenschaft von ihr war, so ging sie oft den ganzen Vormittag langsam, ganz langsam im Garten spazieren, oder sie ließ sich zwischen den Bäumen, ganz hinten, an einer recht schattigen Stelle ihre englische Hängematte befestigen, und dort sich leise wiegend verträumte sie die Stunden.

Meist war sie so träge, dass selbst der neueste und spannendste Roman tagelang sich unaufgeschnitten umhertrieb; und das gelbe Buch, denn meist war es ein Franzose, wiederholt draußen im langen Grase gefunden wurde, manchmal von einem plötzlichen Regenschauer völlig wie in eine Schmutzmasse verwandelt. –

Willy kannte seine Mutter nicht anders, als dass sie ihre Zeit verträumte; und als er noch kleiner war, erzählte sie ihm ihre Träume; aber sie waren immer so seltsam fantastisch, dass er sie nie recht verstand, und immer wenn sie eine Geschichte anfing, ward stets eine ganz andere daraus, mit ganz anderen, fremden Personen.

Wenn er sie dann erstaunt ansah, nahm sie ihn in die Arme, und lachend über sich selbst und seine fragenden Augen herzte und küsste sie ihn, bis auch er anfing zu jubeln, und dann wirbelte sie ihn übermütig durch das Zimmer, bis sie wieder müde geworden war.

Hie und da hatte sie wohl eine leichte Stickerei zur Hand genommen, aber niemals hatte er gesehen, dass eine dieser Arbeiten fertig geworden war.

Das dauerte oft Wochen und Monate, während deren sie sich in allen Ecken und Winkeln umhertrieben, bis sie zu schmutzig waren, als dass sie weiter daran arbeiten konnte.

Dann wurde sie fort gelegt oder geworfen, und nach langer, langer Zeit ward eine neue angefangen, der es nach geraumer Weile nicht besser erging.

Willy hatte sich dermaßen daran gewöhnt, sie unbeschäftigt zu sehen, dass, wenn sie anfing zu arbeiten, er ihr lachend die Stickerei aus den Händen wand: Sie sollte mit ihm plaudern, und sich nicht ihre schönen weißen Finger zerstechen. –

Als er auf die Universität und damit in neue, ihnen beiden ganz fremde Verhältnisse kam, fing er an, ihr alles zu erzählen, was sie nur irgend interessieren konnte; und es interessierte sie alles, selbst die geringfügigste Kleinigkeit.

Er bemühte sich, ihr seine Bekannten, seine Lehrer zu schildern und gewöhnte sich dabei, ihre Schwächen stets etwas zu karrikieren, bis sie zu lachen anfing; dann erst war er zufrieden.

Er hörte sie so gern lachen; es klang so rein und hell, so kindlich vergnügt, dass es ihm die schönste Aufgabe schien, sie zum Lachen zu bringen.

Wo er ihr eine Freude bereiten konnte, tat er es. –

Wenn er in diese lieben guten Augen sah, dann begriff er nicht, wie jemand ein böses Wort über die Frauen sagen konnte.

Jedenfalls war sein Mütterchen die edelste, liebste und beste Frau, die es auf der weiten Welt gab.

So leicht würde er Lautner nicht verzeihen, was er an jenem Tage gesagt hatte. Bei Gelegenheit wollte er ihm seine Meinung gründlichst sagen. –

Er war mit der Mutter in die Siegesallee eingebogen, und sie schritten jetzt auf den Wrangelbrunnen zu. Dann ging er noch eine kleine Strecke mit den Tiergarten entlang, und verließ sie vor der Gartentür einer der kleinen in dichtem Grün versteckten Villen, und während er zurückging, wandte er sich noch ein paarmal, bis dass sie durch den Vorgarten schreitend in dem Häuschen verschwunden war.

Dann ging er schneller; aber mit ihm gingen die Gedanken an sein Mütterchen, deren Bild ihn keinen Augenblick verließ; denn sein ganzes Leben, das bis jetzt noch immer keinen rechten Zweck hatte, ging auf in der Liebe zu diesem für ihn edelsten und reinsten Wesen, das seine Mutter war.

3.

Lautner hatte sich von Wurm verabschiedet, und da er mit seiner Zeit heute nichts anzufangen wusste, ging er langsam schlendernd und sinnend wieder die Linden zurück dem Brandenburger Tore zu.

Sein angefangenes Bild beschäftigte ihn vollauf. Ob er die Kraft hatte, es zu vollenden, – ob er es annähernd so ausführen konnte, wie er es lebendig vor sich sah?

Wenn es ihm gelang, dann war alles gewonnen. Dann brauchte er sich nicht mehr mit dem Jahrmarktströdel der auf Bestellung gelieferten Salonbilderchen abzugeben.

Am meisten jedoch dachte er daran, welche eine Freude er seiner alten Mutter machen würde, und nur das eine wieder stimmte ihn trübe, dass ihre Augen mit jedem Tage schwächer wurden, sodass sie kaum mehr arbeiten konnte, und ihr Sticken hatte ganz aufgeben müssen. Das und vieles Weinen hatte ihre Augen verdorben. Es war so arg geworden, dass er ihr am Morgen die Zeitung vorlesen musste, weil ihr die Zeilen ineinander liefen.

War es nicht eine bittere Ironie, dass während er sich bemühte, die leuchtendste Farbenpracht auf seine Leinwand zu bannen, die Mutter immer weniger imstande war, seine Kunst zu genießen?

Das fraß an ihm, und er war doch machtlos.

Der Arzt hatte ihm erklärt, dass es Altersschwäche sei, gegen die es kein Mittel gäbe. Er musste sich also in das Unvermeidliche fügen. –

Die Hände in die Taschen des Jackets versenkt, weil er niemals Stock oder Schirm trug, ging er gemächlich dahin, aufmerksam rings beobachtend.

So bemerkte er nicht, wie jemand eine Weile hinter ihm herging und ihn dann endlich auf die Schulter klopfte.

Er drehte sich rasch um. Es war Professor Petri, der lachend vor ihm stand und nun seinen Arm nahm.

»Kommen Sie mit, Lautner. Ich habe mich mit Will verabredet zu Gurlitt. Sie gehen doch mit? Wir essen nachher zusammen im Pschorr oder wo Sie wollen, wenn Sie sonst nichts vorhaben.«

»Nein! Das passt mir ganz gut. Ich bin eine ziemliche Weile nicht dagewesen.«

»Also gehn wir langsam hin.«

Damit schlugen sie die Richtung nach der Behrenstraße ein. –

Reinhold Petri mochte etwa in den vierziger Jahren sein. Das dunkle, kurz gelockte Haar war stark in Grau übergegangen, allein es sah aus, als ob dies von Anfang an die Naturfarbe gewesen sei.

Ein starker Bart mit links und rechts tief herabhängendem Schnurrbart bedeckte das Kinn und ließ nur manchmal die etwas zu breiten Lippen sehen.

Die Augen waren stahlgrau und scharf durchdringend. Gewöhnlich etwas kalt, fast stechend, von starken, fast borstigen Wimpern überschattet und mit breiten energischen Brauen.

Das ganze Gesicht war durch Alter etwas hängend und leicht gedunsen, allein die scharfe energische Nase verwischte diesen Eindruck wieder.

Der Kopf mit der hohen, beinah viereckigen Stirn wirkte beim ersten Blick sympathisch gewinnend, und in den scharfen Zügen lag viel Geist.

Es war eins jener Gesichter, die so frappant sind, dass man sie nicht wieder vergisst, deren Ausdruck sich voll mit der Persönlichkeit deckt; aus denen man schwer etwas erraten kann, aber stets geneigt ist, in ihnen alles zu finden, was man über den Betreffenden erfahren hat.

Es lag Zielbewusstsein in seinem Auftreten, in der straffen Haltung seines mächtigen, breitschultrigen Körpers.

Das Seltsame dabei war, dass seine Arbeiten, so groß sie angelegt sein mochten, stets an einem Zuge zur Zierlichkeit krankten; und seine kleineren Statuetten mehr Boudoirnippes glichen, als selbstständigen Schöpfungen eines großen Bildhauers.

Es lag ein französisch leichtfertiger Zug in seinen Figuren, der nur zu oft die einheitliche Wirkung störte. –

Lautner hatte eine Zeit lang unter ihm gearbeitet. Allein nachdem er in die Geheimnisse des Modellierens einigermaßen eingedrungen war, ließ er davon ab, und griff wieder zu Pinsel und Palette. Die Farbe interessierte ihn doch mehr als die Form. –

Als sie bei Gurlitt eintraten, fanden sie Willy Braun schon anwesend, der vor einer norwegischen Landschaft von Österley stand, deren üppiger Goldton ihn begeisterte.

Lautner zuckte nur die Achseln und suchte nach irgendeinem Bilde, das seiner Geschmacksrichtung besser entsprach, aber er fand nichts gescheites.

Er war nicht einmal dazu aufgelegt, seine gewohnheitsmäßigen ironischen Bemerkungen zu machen, zumal er wusste, dass Reinhold Petri sie ihm oft genug verargte.

Nur im oberen Saale versetzten ihn ein paar originell sein sollende *plein air* Bilder in wilden Ärger, weil sie so gar keinen Inhalt hatten.

»Ich glaube, allmählich könnten wir gehn«, sagte er endlich, müde von dem nutzlosen Herumstehen.

»Einen Augenblick noch. Dieser Bronzekopf interessiert mich zu sehr.«

»Gehst du nachher mal mit zu mir, Lautner?«, fragte Will.

»Gewiss, gern. Ich habe nichts vor.«

»So, jetzt wäre ich fertig. Wenn ihr also mit zum Pschorr wollt, so können wir dort essen.«

Nach Tisch ließ der Professor die beiden jungen Leute allein, die zu Braun gingen, der seit einiger Zeit in der Mauerstraße seine Wohnung hatte, um nicht beständig den Weg nach Charlottenburg machen zu müssen.

Sie sprachen über Reinhold Petri, der eben ein neues Werk vollendet hatte, das sich noch im Atelier befand, aber in den nächsten Tagen ausgestellt werden sollte.

Willy stand, trotzdem er über das Sie und das Herr nie hinausgekommen war, mit ihm auf vertrautem Fuße. Oft, wenn ihn irgendetwas bedrückte, wenn er in irgendeiner Angelegenheit einen Rat haben wollte, ehe er der Mutter die letzte Entscheidung überließ, wandte er sich an Petri, zu dem er viel Vertrauen besaß.

Sie ließen es sich beide nach außen hin nicht anmerken, wie vertraut sie im Grunde waren. Wenn Willy in Charlottenburg war, in den Ferien, so machten sie gemeinsam die ausgedehntesten Spaziergänge.

In den letzten Tagen war der Professor nervös erregt gewesen, wie jedes Mal, wenn er mit einem neuen Werke an die Öffentlichkeit trat.

Eine Ruhelosigkeit ohnegleichen marterte ihn; er konnte vor allem keinen Augenblick allein sein.

Jetzt hatte er die beiden jungen Leute nur verlassen, weil er selbst den Transport der Gruppe anordnen wollte. –

Sie waren vor dem Hause der Mauerstraße angelangt und stiegen die helle Treppe zu Brauns, in der ersten Etage gelegenen, aus drei Zimmern bestehenden Wohnung hinauf, über die sich Lautner jedes Mal aufs Neue ärgerte, weil sie, wie er behauptete, mit geradezu geschmackloser Protzigkeit eingerichtet war.

»Natürlich, die Martha!«, sagte Lautner, als sie auf den Korridor traten, und in demselben Augenblicke eine Tür geöffnet wurde und ein blonder Mädchenkopf sich zeigte.

»Du, das Mädel ist, glaub ich, in dich verliebt, Will. Sie muss immer herausgucken. Na, deshalb brauchst du nicht gleich rot zu werden.«

»Ich bitte dich, Fritz.«

»Na lass doch. Du kannst ja nichts dazu, das weiß ich. Ich glaube, ehe du mal ein nettes Wort zu einem hübschen Kinde sagst, muss die Welt untergehen. In der Beziehung bin ich nun gerade kein Unmensch.«

Er hatte es sich in einem Ledersessel bequem gemacht und betrachtete eifrig die Titel der in den Repositorien stehenden Bücher. Es war so behaglich in den hübsch ausgestatteten Räumen, dass er gern ein Stündchen hier mit Braun verplauderte.

»Übrigens, Will, du hast mir immer mal versprochen, zu uns heraus zu kommen. Ich habe meiner Mutter so viel von dir erzählt, dass sie ganz neugierig geworden ist. Dafür mache ich dir dann mit Würmchen am nächsten Sonntag Gegenbesuch, wenn dir die Zeit passt.«

»Aber sehr gern.«

»Weißt du, so nett, wie bei dir, findest du es nun nicht bei uns. Hinterhaus drei Treppen, wegen des Ateliers. Und das ist auch danach, klein und scheußlich einfach, vier kahle Wände, das ist alles.«

Dann fuhr er mit wohltuender Wärme fort:

»Aber dafür ist eins darin, und das weißt du ja zu würdigen: Du musst meine Mutter mal kennenlernen, 'ne einfache, alte Frau natürlich, recht alt sogar, aber darauf siehst du hoffentlich nicht so sehr.«

»Ich habe nichts mehr zu tun, wenn wir also ...«

»Aber mit dem größten Vergnügen, lieber Junge. Je unerwarteter, desto besser.«

Sie brachen wieder auf und gingen nach Moabit hinaus. –

Ein großes graues Vorderhaus, dann ein völlig verwahrloster Garten, und hinten ein kleines, aber hohes Hintergebäude.

Die Treppen waren schmal und ausgetreten. An den Wänden blätterte der Kalk ab, und Braun war froh, als sie endlich die Treppen hinauf waren, und nun in ein paar Stübchen kamen, mit gescheuerten schneeweißen Fußböden. Alles so peinlich sauber. Der einfachste Hausrat von der Welt; aber diese Einfachheit atmete eine wohltuende Gemütlichkeit, die auch den verwöhnten Willy Braun bestach.

Die alte Frau Lautner kam aus der Küche herbei. Sie hatte sich erst schnell eine saubere Schürze umgebunden. Es war alles an ihr so sicher und ruhig; sie kam dem jungen Manne höflich, aber doch mit einer gewissen überlegenen Herzlichkeit entgegen, dass er fast zwei Stunden mit dieser einfachen Frau verplauderte, nachdem er anfangs nur mitgekommen war, um dem Freunde gegenüber eine Anstandspflicht zu genügen.

Zum ersten Male erkannte er auch, wie weich Lautners Stimme klingen konnte, wenn er »Mütterchen!« sagte; wie verändert er schien, der ihn sonst mit seinen kalten Urteilen so oft erbittert hatte.

Er schien ein ganz anderer Mensch geworden zu sein, und erst als er ihn dann in sein Atelier führte, eine Art Bodenkammer, abgeschrägt, aber fast blendend hell, und als er ihm einige Farbenskizzen zeigte, hingeworfen, gleichsam dem Leben entrissen, da war es wieder der alte Skeptiker, der sich selbst mit der schärfsten Ironie beurteilte; sodass Braun fast drängte, fortzukommen, nur um sich den guten Eindruck zu bewahren, den er heute von ihm durch sein Verhalten der Mutter gegenüber empfangen hatte.

4.

Ein schweres Abendgewitter war über Berlin niedergegangen. Die Blitze hatten den dichten grauen Dunstschleier, der ewig drückend schwer über der gewaltigen Häusermasse lagerte, zerrissen, bis die stürzende Regenflut ihn völlig durchschlagen hatte. Endlose Ströme stürzten prasselnd vom eintönig grauen Himmel und überschwemmten alle Straßen, Plätze und Trottoirs. Im Augenblicke waren die Fassaden der Häuser von dem feinen grauen Staube reingewaschen, der sich in den letzten, übermäßig heißen und ganz windstillen Tagen darauf gelagert hatte. Der Schmutz von den Steinen, dem Asphalt und den Holzblöcken des Pflasters wurde in die Straßenrinnen geschwemmt, wo er wie eine tintenartige Masse langsam den gurgelnden und schluckenden Kanalöffnungen zutrieb, um in der Erde zu verschwinden.

Als sei eine Wolkenmauer geborsten, so rauschten die Regengüsse nieder. Der Wind trieb die dicken Tropfen gegen die Scheiben der Fenster, und jagte breite Wolken von Sprühregen wie Wellen über das glatte Pflaster der menschenleeren Straßen.

Überfüllte Pferdebahnwagen fuhren in gleichmäßigen Pausen die unter Wasser stehenden Schienen hin; einzelne hastende Droschken jagten in eiligem Trabe unter dem Regen durch, der Kutscher mit vorgebeugtem Nacken, den Wachstuchzylinder tief in die Stirn gedrückt, und den weiten Mantel fest um die Schultern ziehend.

Unter allen Torwegen und in jedem offenen Hausflur standen Spaziergänger und unruhige Geschäftsleute, eng zusammengepfercht, mit tropfenden Schirmen und dampfenden Kleidern, – und zogen sich tiefer in den Hausflur zurück, wenn der heimtückische Wind plötzlich seinen feinen durchdringenden Sprühregen in den Torbogen warf.

Die dicken klatschenden Tropfen, die fast silbern, wie zerplatzende Hagelschloßen aussahen, fielen nicht länger. Allmählich ging der

Wolkenbruch in einen gleichmäßig feinen Landregen über, der alles mit seinen dunstigen Nebelschleiern umhüllte. –

Willy Braun hatte den Ihering, in dem er geblättert, niedergelegt, weil die Dunkelheit immer stärker ward, und er blickte jetzt in den Regen hinaus in die einsame Mauerstraße, wo kein menschliches Wesen zu finden war.

Vor den beiden Fenstern des Wohnzimmers befand sich ein Balkon, und von dem kleineren der zweiten Etage stürzte hier der Regen herab, dass die Wasserfluten in das Zimmer einzudringen drohten, ein großes, elegant eingerichtetes Gemach, das so gar keine Ähnlichkeit hatte mit den bescheidenen Studentenbuden seiner Kommilitonen hoch im Norden oder Nordwesten der Stadt, jene bescheidenen, engen und meist kahlen vier Wände, in denen sie zu seinem Entsetzen hausen mussten.

Seit den drei Semestern, die er an der Universität Jura studierte, hatte er diese aus drei Zimmern bestehende Wohnung inne. –

Es klopfte an der Tür.

Er drehte sich um, und seine Wirtstochter fragte fast scheu, als ob sie sich nicht traue, hereinzukommen:

»Soll ich auch die Lampe bringen, Herr Braun?« Er warf einen Blick auf die Straße, und dann einen auf die zierliche Boule-Uhr auf dem Kaminsims, die drei viertel sieben zeigte – dann erst sagte er:

»Bringen Sie nur, Fräulein Martha, – aber anzünden brauchen Sie sie nicht gleich.«

Sie huschte hinaus, kam nach einer Weile mit der Lampe wieder und sah sich ratlos im Zimmer um, denn der Tisch war ganz mit Büchern bedeckt.

»Nur auf den Schreibtisch, bitte.«

Er hatte sich wieder an das Fenster gestellt und sah, wie zuweilen ein ferner Blitz über den jenseitigen Häusern aufzuckte und das Zimmer leicht erhellte, dann herrschte wieder eintönige, farblose Dämmerung.

Am Himmel trieben einzelne Wolkenfetzen, und der Regen ließ sichtbar nach; nur zuweilen verschlimmerte sich stoßweise dieser prickelnde Sprühregen, der so fein nieselte, dass man glauben konnte, er habe ganz aufgehört.

Will bemerkte bei seinen Beobachtungen gar nicht, wie sich Martha noch immer im Zimmer zu schaffen machte.

Er hatte in all der Zeit, dass er bei dem Registrator Kuhlemann wohnte, kaum ein Auge gehabt für die hübsche achtzehnjährige Martha, mit ihren reichen blonden Haaren und diesem bescheidenen Wesen, das so gar nicht zu dem der anderen Mädchen passte. Er hatte es nie bemerkt, dass sie alles tat, um seine Aufmerksamkeit auf sich zu lenken, dass sie stets alles selbst besorgte, wenn er irgendetwas wünschte, sodass er das Dienstmädchen, das die Familie hatte, kaum zu Gesicht bekam.

Er war freundlich gegen sie, aber nie sagte er ein Wort mehr als nötig; nie machte er auch nur den Versuch, mit ihr, die so gern schwatzte, zu plaudern.

Ein paarmal hatte sie ihn um ein Buch zum Lesen bitten wollen, das ihr beim Aufräumen aufgefallen war, allein wenn sie den Entschluss noch so fest vorhatte, traute sie sich im entscheidenden Augenblicke doch nicht mehr, weil er immer so ernst und schweigsam war.

All das diente nur dazu, ihre Neigung mehr und mehr zu vertiefen, sie aber auch im gleichen Maße geheim zu halten.

Sie rückte jetzt an einer Vase und ordnete das verstaubte Makartbouquet darin, dann wischte sie über den Deckel des Piano, warf noch einen Blick auf den am Fenster stehenden jungen Mann, der ihr achtlos den Rücken zukehrte und entschloss sich endlich, mit einem leisen »Guten Abend!« das Zimmer zu verlassen.

Er hatte kaum mehr daran gedacht, dass sie noch da war, denn seine Gedanken waren schon draußen in Charlottenburg, in der kleinen Villa der Sophienstraße, wo heute seine Mama ihren achtunddreißigsten Geburtstag feierte, seine junge, schöne Mama, wie er sie liebkosend so gern nannte, die er fast vergötterte, und auf die er so stolz war, wenn er an ihrer Seite ging oder mit ihr ausfuhr, und man sich nach ihnen umsah.

Denn sie fiel auf mit ihrer Schönheit, die etwas mädchenhaft Eigenartiges hatte.

Und diese Feinheit des Profils hatte sich auch auf ihn übertragen; er hatte dasselbe hellbraune Haar, dieselben dunklen Augen, und trotz seines kräftigen Körperbaus etwas weiches, fast zartes, dass man sofort erkannte, wie er von einer Frau, und nur von einer Frau großgezogen war und von der Welt nichts wusste, nicht viel mehr, als ein verzärteltes Haustöchterchen.

Das zeigte sich auch in seinem Anzuge, eine Sauberkeit und Nettigkeit wie die eines Pensionsfräuleins, das nicht das kleinste Fleckchen oder Stäubchen an sich duldet. –

Er kannte nur seine Mutter. Eine seltsame Neigung zog ihn zu dem spöttischen Maler und dem so überschwänglichen Wurm. Sonst hatte er keinen Freund. Und auch Frauen kannte er nicht. Seine Mutter war die einzige, die Bedeutung für ihn hatte, auf die er all seine Liebe übertrug, eine blinde, rückhaltlose Verehrung wie für eine Heilige.

Heut in aller Frühe schon war er draußen gewesen, um ihr seine Glückwünsche zu überbringen.

Er hatte sie in dem großen, immer so sorgfältig gepflegten Garten getroffen, wo sie ihn erwartete; denn sie wusste, dass er kommen würde.

Im vorigen Jahre war er noch zu Haus gewesen. Zum ersten Male war er jetzt fern. Er wollte arbeiten, und dazu kam er daheim nicht. Denn immer gab es etwas für die Mutter zu tun: Gleich war er mit einer Frage bei der Hand, ob er ihr nicht irgendwie behilflich sein konnte, oder auch nur ihr Gesellschaft leisten solle, wenn der Vater wieder einen seiner Schmerzensanfälle hatte, währenddem er sie nicht um sich duldete, weil er wusste, wie peinlich es ihr war, und weil sie dann wieder für einige Tage an ihrer Nervosität zu leiden hatte. –

In ihrem lichten Morgenkleide hatte sie auf der kleinen, dicht an der Gartenmauer gelegenen Anhöhe gestanden, von wo aus man die Straße ganz hintersehen konnte.

Er war auf sie zugeeilt und hatte sie in seine starken Arme genommen, als wollte er sie zerdrücken, dass sie ihm lachend wehren musste.

Sie hatte die weißen Kamelien leidenschaftlich gern, und so hatte er ihr auch schon heut früh ein großes Bouquet gebracht, und für heute Abend war ein gleiches, noch schöneres bei Schmidt bestellt.

Er sah in Gedanken ihr liebes, freudiges Gesicht, und wie sie ihn schelten würde, dass er ein Verschwender sei; und doch würde sie ihm für seine Verschwendung so gut sein, dass er schon jetzt die Freude durchkostete, ihr einen Wunsch erfüllen zu können. –

Es regnete noch immer, aber jetzt ganz fein. Das Gewitter hatte sich verzogen, und er entschloss sich, fortzugehn.

Rasch vertauschte er die braune Joppe mit dem Gesellschaftsrocke, warf den hellen Überzieher um die Schultern, steckte noch einen Brief an einen auswärtigen Freund in die Brusttasche und verließ das jetzt ganz dunkle Zimmer.

Als er die Korridortür öffnete, rief ihn Martha an, ob er heute heim kommen oder draußen bleiben würde.

Nein, – er kam nach Hause.

Regelmäßig hatte sie eine derartige Frage, wenn er fortging, und er sah darin nichts anderes als eine liebenswürdige Vorsorglichkeit, während es doch von ihr nichts war, als das Bestreben, ihn auf sich aufmerksam zu machen.

Er achtete nicht darauf; er dachte nicht im Entferntesten an sie, die ihm vom Fenster aus nachsah, bis er in dem Torbogen der kleinen Mauerstraße verschwand, die er, ohne sich zu beeilen, durchschritt und dann langsam in die Linden einbog.

Ein feiner Dämmerungsschleier lag über den schon herbstlich gelb gefärbten Bäumen.

Der Fahrdamm war von Fuhrwerken aller Art belebt. Auf dem Trottoir nur wenige Menschen, die mit aufgespannten Schirmen sich eilends an den Häusern hindrückten.

Willy trat in den Blumenladen von Schmidt ein. Der bittere, sinn-verwirrende, schwüle Blütenduft, der hier hing, betäubte ihn fast; während draußen die Luft vom Gewitter gereinigt war.

Er lächelte dem bleichsüchtigen Ladenmädchen zu, das ihm die Blumen fürsorglich in buntgestreiftes Seidenpapier einschlug.

Dann nahm er das Bouquet vorsichtig unter den Schirm, und trat wieder hinaus in den Regen, der mehr und mehr nachließ. –

Gleichmäßig plätscherten auf dem Pariser Platz im Regen die beiden Fontänen.

Vor der Wache des Brandenburger Tores standen zwischen den Säulen einige Soldaten und sahen gelangweilt vor sich hin. Unbeweglich stand der Posten da, unbekümmert um den Regen, trotzdem seine weiße Hose nass und grau geworden war und anklebte. Er wartete stoisch auf die Ablösungsstunde.

Von den Bäumen des Tiergartens klatschten dichte Tropfen; zuwei-len schüttelten sich die nassen Zweige und ein Regenschauer prasselte nieder, das heftig auf seinen ausgespannten Schirm trommelte, während er, die Pferdebahn erwartend, am Waldsaume auf und ab ging.

Der Wagen war ziemlich leer, und er setzte sich gegen alle Gewohnheit in das Innere, wo eine drückende, dumpfe Luft herrschte, dass er das Fenster hinter sich öffnen musste.

Ein feuchtschwerer Duft wogte aus dem Walde her. Nebelhaft schien er dem feuchten Boden zu entquillen.

Zuweilen hörte man, wie die Pferde durch Pfützen wateten, und das Wasser unter den Rädern aufrauschte. Oder der Nachregen stürzte von den Bäumen.

Manchmal flammte es in der Ferne auf, schwach und ersterbend.

Der Wagen schwankte und stieß, und Will war froh, als er endlich aus dem Tiergarten heraus war, unter dem Eisenbogen der Stadtbahn durchfuhr, über den schmutzigen Spreekanal, – dann links der breite Sandsteinbau der Technischen Hochschule, und endlich war er am Ziele.

Er musste mit seinem großen, ihn hinderndem Bouquet über ein paar breite Pfützen springen, dann überschritt er die Allee und bog in die enge Sophienstraße ein.

Die Fenster der kleinen Villa waren weit geöffnet; aus der ersten Etage, durch die hin und her flatternden Vorhänge strömte eine drängende Lichtfülle.

An dem einen Fenster waren die Vorhänge weit zurückgeschlagen, und als die Gittertür ins Schloss fiel, sah er, dass dort oben sich jemand bewegte. Er erkannte die Gestalt.

Es war seine Mutter, seine geliebte, angebetete Mutter.

Sie grüßte und winkte, und er lächelte und winkte hinauf, und dann stürmte er fast über den Kiesweg, und die breite Steintreppe hinauf, zu ihr … seiner Mutter. –

5.

Will hatte kaum den Fuß auf die unterste Stufe der hell erleuchteten Treppe gesetzt, als sich droben eine Tür öffnete, und die Mutter ihm entgegenkam, lächelnd und freudestrahlend, und ihn in das kleine

Vorzimmer zum Salon zog, ein schmaler, einfenstriger Raum, der zu einer Art Toilettenzimmer umgewandelt war.

In der Mitte ein niedrer Diwan mit buntgemustertem Teppich – ein großer Toilettenspiegel an der einen Wand, an der andern Garderobeständer, an denen schon einige Sachen hingen, und zu denen auch Will Hut und Mantel hing, ehe er das Bouquet sorgsam aus seiner bunten Seidenpapierhülle schälte.

Keine Blume war gebrochen, keine Spitze verknittert.

Frau Anna hatte sich auf den Rand des Diwans gesetzt und ihm zugeschaut, bis er ihr jetzt die weißen Blüten überreichte, in die sie tief aufatmend ihr Gesicht versenkte.

»Du Verschwender!«, schalt sie ihn voller Glück. »Wie schön die Blumen sind, wie wunderbar schön.«

Er stand vor ihr und sah auf sie nieder, wie sie dasaß und jetzt nach seiner Hand griff, und ihn zu sich zog. Er beugte sich nieder, und voll überströmender Zärtlichkeit griff sie nach seinem Kopfe und küsste ihn dann auf die Stirn.

»Du leichtsinniger Verschwender. Ich glaube, du wärst imstande, alles hinzugeben, selbst dein Letztes, nur um mir eine Freude zu bereiten, und wenn sie auch nur einen Augenblick währte.«

Er nickte beistimmend und sah sie lachend an.

»Dir käme es nicht darauf an, mir die ganze Welt zu Füßen zu legen, wenn die andern dann auch gar nichts behielten.«

»Gewiss«, sagte er scherzend. »Die Welt und den Himmel mit all seinen Sternen auch.«

»O du Himmelsstürmer! Es ist nur gut, dass du nicht so groß bist, um bis zu den Wolken zu reichen. Die armen Sterne sonst!«

»Es wäre ja für dich, meine liebe, kleine Mama.«

»Ich glaube, du könntest alles für mich tun. Wenn ich es wollte, am Ende gar Mord und Todschlag.«

»Für dich alles!«

Er sagte es halb lachend, aber seine Stimme klang fest und ruhig, und in seinen dunklen Augen lag eine Entschlossenheit, die verriet, dass er zu allem bereit sein konnte für sie.

»Du Närrchen«, sagte sie und fuhr liebkosend über sein leichtgelocktes dunkles Haar.

Er schmiegte sich an sie, sodass er halb vor ihr kniete.

»Du Närrchen«, wiederholte sie, und ein unnennbares Gefühl des Glückes, wie eine verhaltene Tränenflut durchbebte sie, während ihre schlanken Finger mit seinen Haaren spielten.

»Wie schön du heute wieder bist«, sagte er plötzlich und griff nach ihren Händen. »Ich glaube, du wirst immer jünger und schöner.«

Eine leichte Röte flog über ihre blassen Wangen, dass er sich diese kindischen Schmeicheleien nicht abgewöhnte; und doch war sie darüber so glücklich.

»Musst du denn immer schmeicheln? – Du willst mich nur ausspotten. Ich bin längst eine alte Frau.«

Er lachte und schüttelte den Kopf.

»Du siehst viel jünger aus als alle andern.«

»Und habe dabei einen großen Herrn Sohn, der wie ein kleines Kind schmeichelt und wie ein rechtes Baby süß tut.«

»Bist du böse darüber, Ma?«

»Nein Will, nicht böse! Nur glücklich … überglücklich.«

»Ma!«

»Wenn ich dich nicht hätte, Will …«

Sie seufzte leicht auf, und umfasste ihn.

»Aber Mütterchen, bist du denn nicht glücklich? Fehlt dir etwas? Was redest du nur so.«

»Du guter Junge!«

Sie blieben noch immer in diesem traulichen, engen Zimmer, ohne rechte Lust, in den Salon zu gehen, von wo die Laute einer harten aufdringlichen Stimme bis zu ihnen herübertönten.

Es war so traumhaft still hier, und es lag etwas so geheimnisvoll Berauschendes darin, eine Zeit lang noch schweigend ihr Beisammensein voll zu genießen, so nah beieinander sein zu können in dieser behaglichen Stille, diesem unausgesprochenen Glücke.

Will sah sie an. Sie war heute schöner als je.

Die dunklen feinen Augen schimmerten in feuchtem Glanze wie in Sonnentränen, die schmalen Lippen waren wie von innerer Erregung blutrot, und auch auf den sonst so mattgelben blassen Wangen lag ein frischer Hauch, ein weiches schwaches Rot.

Das schwere dunkle Haar hatte sie einfach aufgenommen und wie eine Krone um den Kopf gelegt, wie ein Diadem. Nur in die Stirn kräuselte es sich leicht natürlich.

Sie litt keine künstliche Frisur, und sie wusste, wie gut bei dem vollen Haar ihr diese einfache Tracht stand, die ihr durch das ungekünstelte den Reiz des Besonderen verlieh.

Eine breite feingliedrige Silberkette war durch das dunkelbraune Haar geschlungen. Eine gleiche Kette lag um den schlanken Hals, und ein dazu passendes Armband umschloss das feine Gelenk der linken Hand.

Sie trug ein mattgraues Kleid mit breiten Cremespitzen. Sie wusste, wie gut ihr das stand, und wie gern Will diese Farben hatte. Weshalb sollte sie sich aus gesellschaftlicher Rücksicht dunkel kleiden? – Sie liebte das Helle und Frische, die leis abgetönten Farben, die weich ineinander überflossen. Das halb Farblose war ihre Passion, deshalb trug sie auf der linken Schulter ein Zweigbouquet aus mattgelben und bleichsüchtigroten Rosen.

Eine süße, schwermütige Träumerei lag jetzt in ihren Augen, fast etwas Schwärmerisches, als ob sie nichts von der Außenwelt um sich herum sah, sondern andere Bilder, die einst an ihr vorübergezogen waren, fröhliche und trübe; denn das Licht in ihren Augen wechselte, als ob Wolkenschatten darüber hinglitten. –

Die Stimmen im Nebenzimmer wurden lauter.

Es wurde dröhnend und wuchtig gelacht, ein Lachen, das sich allmählich abstufte – und dann ging plötzlich, ohne dass geklopft war, die Tür auf; und eine blendende Flut von Licht prallte hervor, dass sie sich wie erschreckt losließen; und im Rahmen der Tür zeigte sich ein etwa sechzigjähriger Mann, breitschultrig, hünenhaft von Gestalt, mit dichtem grauen Haar, das tief in den Nacken fiel und mit einem verzottelt aussehenden grauen Barte, der breit die ganze Brust bedeckte.

Und aus dieser Brust tönte ein sonores Lachen, tief und schütternd, etwas aufdringlich, fast selbstbewusst.

»*Damn't!* Da haben wir ja wieder das Liebespaar.«

Er rief es mit seinem dröhnenden Lachen, und auf der Schwelle stehen bleibend, redete er in das Zimmer zurück.

»Wahrhaftig, Bruder, ich ließe mir das nicht gefallen. Ich an deiner Stelle wäre schon längst eifersüchtig geworden. Sieh dir nur mal diese Szene an. O Romeo, o Julia! Sieh nur … ach so, du kannst ja nicht. Ja ja, es ist ein angenehmes Gefühl, seine Knochen heil und gesund beisammen zu haben.«

Und wieder brach er in sein übermütiges Lachen aus.

»Na, mein Sohn *filius*! Machen wir denn? – *Hope, we do well, my boy!*«

Er streckte Will gutmütig die Hand hin, die im Gegensatze zu diesem robusten Körper schmal und sehnig war, mit langen feinen Fingern, die wie nervös aussahen.

Willy war bei seinen ersten Worten aufgesprungen, und auch Frau Anna hatte sich langsam, unwillig über die Störung, erhoben.

»Aber Onkel, was soll denn ...«

»*Never mind, my dear*, ich weiß schon ... weiß schon. Ich tappe nun einmal wie ein Bär in alles. Meine schöne Frau Schwägerin wird es mir schon verzeihen, wenn sie auch jetzt die Stirn runzelt. Es ist ja nichts weiter, als blinde Eifersucht von Onkel Jack. Aber nun kommt herein, damit wir auch was von euch haben.«

Johannes Braun, oder wie er sich drüben geschrieben hatte, Jack Brown, war sieben Jahr älter als Wills Vater, Hermann.

Voller Abenteuerlust war er als junger Bursche nach den Staaten ausgewandert, weil es ihm daheim nicht behagte, und hatte, wie er seine Kapellmeistertätigkeit benannte, den Yankees was vorgedudelt.

Er hatte sich jenseits des großen Sumpfes bald eine tüchtige Stellung errungen; vom einfachen Geiger brachte er es binnen kurzen zum Dirigenten; und als er so viel beisammen hatte, um ruhig leben zu können, kehrte er in das geeinigte deutsche Reich zurück, gerade zur Zeit, als Hermann in seiner chemischen Fabrik mit einem Experimente jenes Unglück gehabt hatte, das ihn derart zurichtete, dass er monatelang hatte liegen müssen, und seitdem infolge einer Lähmung der ganzen rechten Seite wie ein Kind gepflegt wurde.

Er saß hilflos und verlassen im Sessel, und freute sich fast kindlich über Will, der ihn begrüßte und ihm die Hand schüttelte, die linke, weil er in der andern kein rechtes Gefühl hatte.

Da saß er in sich zusammengefallen, mit dem grauen Krankengesichte, dem spärlichen hellen Haar, über das er beständig mit zitternder Hand fuhr, und dabei versuchte er, ein recht fröhliches Gesicht zu machen, sobald Besuch da war.

Nur zwei Damen waren noch anwesend, denn seitdem Doktor Braun gelähmt war, hatten sie allen gesellschaftlichen Verkehr abgebrochen, und jene großen Feste, die früher stets ein Ereignis bildeten, hatten aufgehört. Frau Anna selbst hatte es so gewollt. –

Will hatte kaum ein paar Worte mit seinem Vater gewechselt, als ihr Gespräch durch Frau Emmy Dempwolf unterbrochen wurde, die sich für einige Zeit bei ihrer Schwester Agnes von Ruschwedel aufhielt.

Emmy war die verkörperte Lebensfreude, hellblond, schlank und schmiegsam, mit hellen, fast wasserblauen Augen, die munter in die Welt schauten. Sie kokettierte für ihr Leben gern, allein auf dem einsamen Gute Rintlach bot sich ihr keine Gelegenheit und ihr Wolf, oder wie sie ihren Gatten auch zu benennen pflegte, ihr Brummbär, hatte kein Verständnis dafür.

Ganz anders ihre Schwester, die Frau Hauptmann, hoch aufgeschossen, ernst und streng, bewahrte sie in allen Lebenslagen ihre Würde und Hoheit. Beständig ging sie in Schwarz, und trieb mit ihrem toten Gatten einen überschwänglichen Kultus; sodass sie keine zehn Worte sprechen konnte, ohne nicht dabei ihres seligen Franz zu gedenken.

Emmy Dempwolf nahm wenig Rücksicht auf den zur Schau getragenen Ernst ihrer Schwester. Wie ein Wirbelwind tobte sie durchs Leben und ihr erstes war der Versuch gewesen, Willy in ihre Netze zu ziehen. Gerade weil dieser große, hübsche Junge so spröde und kalt tat, wollte sie ihn aus seiner Fassung bringen. Allein bis jetzt hatte sie noch keinerlei Erfolg aufzuweisen, und sie griff daher zu immer stärkeren Mitteln.

Jetzt hatte sie wieder einen Gedanken.

»Liebster, bester Herr Doktor«, schmeichelte sie, »Sie müssen mir einen großen, großen Gefallen tun.«

»Verzeih Papa! … Gnädige Frau wünschen.«

»Verschaffen Sie mir ein Pferd. Ein Königreich für ein Pferd. Ich muss einmal wieder einen Gaul unter mir haben, oder ich komme um.«

»Ich werde versuchen, gnädige Frau …«

»Ach das ist himmlisch … Das wird reizend. Natürlich begleiten Sie mich. Sie können doch reiten?«

»Allerdings, aber …«

»Ach was, was … kein Aber! Nein, wie ich mich freue! Wozu gibt es denn den Tiergarten. Eigentlich hatte ich Wolf gebeten, – aber mein Brummbär grommelte, er habe seine Pferde nicht zum Eisenbahnfahren. Was sagen Sie dazu? – Also abgemacht: Sie sorgen für Pferde, aber für mich ein recht wildes; Sie sollen sehen, wie gut ich damit fertig werde. In aller Frühe natürlich, wenn die anderen noch in den Federn liegen.«

Da Will lächelte, fuhr sie eifrig fort:

»Sie brauchen gar nicht so zu lächeln. Wann glauben Sie, dass ich sonst aufstehe? – Um vier oder um fünf Uhr, mein Herr … Hier allerdings müsste man ja sterben, wenn man vor acht Uhr herauskriecht. Aber dann heißt es: mit den Hühnern auf! Wahrhaftig, ich glaube, ich komme hier um, oder wenigstens auf die unsinnigsten Gedanken, wenn ich nichts zu tun habe. – Ich hatte mir das alles ganz anders gedacht, als ich meinen Wolf allein sitzen ließ. Ich wollte mit Agnes nach Warnemünde oder Heringsdorf, ganz gleich, wenn es auch schon ein wenig spät ist; und nun sitze ich hier schon über vierzehn Tage in diesem Neste, weil meine Frau Schwester mir den Willen nicht tun will. Amüsieren wir uns also auf unsere Weise, hoch zu Ross. Ich freue mich schon jetzt wie ein Kind. Also, abgemacht!«

Sie reichte ihm ihre kleine Hand, auf deren Zierlichkeit sie sich sehr viel einbildete, und sie reichte sie ihm gleich so hoch hin, dass er sie küssen sollte.

Der junge Mann jedoch machte keine Miene. Er schüttelte ihr ganz ruhig die Hand.

Das herausfordernde Wesen der jungen hübschen Frau verletzte ihn, und sie erreichte damit bei ihm genau das Gegenteil ihrer Absicht.

Wenn er seine Mama dagegen hielt, die jetzt neben Frau Hauptmann von Ruschwedel saß, mit ihrem feinen Lächeln, diesen ruhigen zierlichen Bewegungen, während Frau Dempwolf mit ihrem hastigen Wesen oft geradezu ungraziös wurde.

Sie hatte Willy am ersten Tage mit »Herr Doktor« angeredet, sodass er ihr einmal bescheiden bemerkte, dass er das noch nicht sei. In ihrer koketten Weise erwiderte sie ihm, wie verwundert:

»Ich kann Sie doch aber nicht wie die anderen kurzweg Will nennen! Das geht doch nicht gut.«

Unmutig hatte er geschwiegen, worauf sie triumphierend sagte:

»Dann müssen wir es doch wohl vorläufig bei dem Doktor belassen. Es tut hoffentlich nicht weh.«

Er hatte auch jetzt keine Antwort, aber jedes Mal bei dieser Anrede empfand er es unangenehm.

Ihr ganzes Wesen drängte ihn, beinah ungezogen gegen sie zu werden, er, der sonst Frauen gegenüber von zurückhaltender Liebenswürdigkeit war.

Es war ihm peinlich, dass er so sein musste, und dieses Bewusstsein machte ihn noch steifer.

Weshalb kokettierte sie so, und verkehrte nicht lieber mit ihm auf kameradschaftlichem Fuße, wie er es von der Mutter her gewöhnt war, in jenem unbefangen sicherem Tone, den er jeder andern Frau gegenüber besaß.

Er verstand diese junge Frau nicht, die ohne beständige Schmeicheleien nicht leben konnte, die auch ihn zwingen wollte, ihr dergleichen zu sagen.

Was konnte ihr zum Beispiel daran liegen, ob er ihr die Hand küsste oder nicht? – Sie bat ihn um eine Gefälligkeit, die er ihr gern erfüllte. Das genügte doch.

Frau Anna ging an ihm vorüber und flüsterte ihm leise zu:

»Du musst Frau Dempwolf zu Tisch führen.«

Er bot ihr ohne besondere Freude den Arm, und nun hatte er wieder das unangenehme Gefühl, dass sie sich fester an ihn hing und anschmiegte, als nötig war.

»Wo ist denn Herr Lautner?«, fragte sie.

»Er war am Nachmittage hier und lässt sich vielmals entschuldigen. Es ist ihm nicht möglich gewesen, heut Abend zu kommen.«

»Ach wie schade, er ist so furchtbar interessant!«

Lautner behandelte sie immer mit einer gewissen Überlegenheit, die ihr imponierte. Er gestattete sich die schärfsten Urteile und Ansichten, über die sogar sie sich entsetzte. Allein er gefiel ihr, mit seinem Gleichmute und seinem ironischen Spotte, den er an allem übte.

Wenn sie beisammen waren, so gab es stets ein endloses Wortgefecht, mit Spitzfindigkeiten, denen so leicht kein anderer folgen konnte.

Ihr Ausruf »Wie schade!« war deshalb aufrichtig gemeint, und auch Willy stimmte ihm bei. Dann hätte er doch für den Abend Ruhe gehabt. –

Frau Anna hatte solange gezögert, weil noch ein Gast fehlte. Allein, Doktor Braun war ungeduldig geworden. Er war leicht erregt und nervös, wie es Kranke zu sein pflegen, die durch ihre Schwäche zu eignem Handeln unfähig sind.

Sie sah es; denn er fing an, unruhig mit den Fingern zu trommeln, und ihm zuliebe wartete man nicht länger.

Vorher aber blickte Frau Anna nochmals aus dem Fenster, in die kühlfeuchte Nacht hinaus; dann erst nahm sie ihren Platz an der Spitze der Tafel ein. An der linken Seite saß ihr Gatte, der jetzt ganz still geworden war, und neben ihm Frau von Ruschwedel mit Onkel Jack. An der rechten Seite der Hausfrau blieb ein Stuhl frei, dann kam Emmy mit Will.

»Liebste Freundin«, wandte sich Anna zu Frau Dempwolf, »ich muss Ihre Nachsicht in Anspruch nehmen. Ich hatte bestimmt erwartet, dass der Professor zur rechten Zeit erscheinen würde. Es war ihm die Ehre zugedacht, Sie zu Tisch zu führen. Ich glaube, wir lassen den Platz zwischen uns noch ein wenig frei, ich hoffe bestimmt, dass Sie bald zu Ihrem Rechte kommen werden.«

»Aber ich bitte sehr. Ich bin mit der Gesellschaft von Herrn Willy vollkommen zufrieden. Eigentlich fürchte ich mich nämlich etwas vor Professor Petri, wenn er einen so durchdringend mit seinen scharfen Augen ansieht. Ich denke dann immer, er hat was an mir auszusetzen, als wolle er wie am Werke einer seiner Schüler kritisieren. Mich sollte es gar nicht wundern, wenn er eines Tages mal sagte: ›Aber die Nase ist ja viel zu stumpf! Was ist denn das für eine Arbeit, es regnet ja hinein, – und dann der Kopf, der reinste Puppenkopf. Das ist nichts – gar nichts – elende Pfuscherei!‹«

Sie karrikierte Petri ungemein drollig.

»Eigentlich habe ich mir gedacht, er sollte nur Giganten und Titanen aus mächtigen Felsblöcken hauen. – Neulich als ich den Pergamonfries gesehen habe, musste ich immer an ihn denken. Das wäre so was für ihn. Was Niedliches und Zierliches kann er doch nicht machen. Oder doch?«

»Ei gewiss, grade. Dort drüben der Mädchenkopf ist von ihm.«

Sie war aufgesprungen, um sich das Werk in der Nähe zu betrachten, ohne Rücksicht darauf, dass schon serviert ward.

»Ich habe nämlich eigentlich noch nie was von ihm gesehen. Er ist mir zu groß, viel zu groß. Es ist, als ob er und Onkel Jack ein paar Riesenbrüder sind. Sie sehen so schrecklich verwandt aus.«

»Was ist schon wieder mit mir?«, fragte Onkel Jack, ungeniert lachend. »He! Was habe ich wieder getan? – Natürlich immer Onkel Jack.«

»Getan – getan haben Sie nichts!«, rief Emmy mutwillig. »Ich habe nur gesagt: Sie und der Professor müssten von Enak abstammen.«

»Enak? – Ach so, weiß schon. Na ja – aber ganz stimmt das doch nicht. Es könnte höchstens ein jüngerer Bruder sein. Jaja, das Fiedelbogen streichen ist 'ne gesunde Arbeit. Das gibt andere Muskeln, als an 'nem Marmorblock ein bisschen herumkloppen.«

Er lachte wieder, bis er sich fast verschluckte. Dann wandte er sich an den Bruder, der in sich versunken bescheiden im Sessel saß und sich von Anna vorlegen ließ:

»Ja, Bruder, siehst du, du bist ein bisschen aus der Art geschlagen. Warst schon als Junge ein Grübler. Immer Gedanken – und wieder Gedanken. Und wer viel denkt, wird nicht lang.«

Der Kranke lächelte resigniert, und fuhr sich mit unsicherer abgezehrter Hand durch den spärlichen Vollbart, der sein blasses eingefallenes Gesicht umrahmte.

Die wenigen Haare lagen ganz schlicht auf dem etwas länglichen Kopfe, und nur die Augen blickten klug träumerisch in die Welt, als ob hinter ihren Spiegeln ein weites, seltsames Traumland lag, von dem die anderen nichts wissen noch ahnen konnten.

So still war er immer. Selten nur klagte er, allein so scheinbar zufrieden war er erst im Laufe der letzten Jahre geworden.

Mehrmals hatten ihn die Ärzte völlig aufgegeben gehabt. Aber jedes Mal hatte die dem schwächlichen Körper innewohnende Energie ihn gerettet.

Er hatte die Fabrik verkauft, weil es nicht möglich war, sie vom Krankenbette aus zu leiten, und seitdem lebten sie in der kleinen Villa, in der er einst Anna hatte kennen und lieben gelernt.

Es war von seiner Seite keine blind leidenschaftliche Liebe gewesen; und er wusste, dass auch Anna ihm nur eine liebevoll innige Freundschaft entgegenbrachte.

Es war eine musterhafte Ehe, ohne sonderliche Leidenschaft, und daher ohne Unruhe.

Allmählich aber fing Hermann an, sich in seine Frau zu verlieben; er war im Begriff, sich gehen zu lassen, als er herausfühlte, wie er sie damit erschreckte.

Sie hatte kein Verständnis für ihn, und er hatte nicht den Mut, ihr dies Verständnis zu eröffnen.

Und so lernte er, sich zu beherrschen, er blieb so gleichmäßig ruhig wie zuvor, um sie nicht zu verwirren. Er hoffte, dass es eines Tages auch bei ihr durchbrechen würde. – Aber der Tag kam nicht. –

Sie blieb sich immer gleich, leidenschaftslos kühl. Es lag in ihr etwas Abwehrendes, eine so sichere Unnahbarkeit, die er nicht zu durchbrechen wagte; und sie schien nichts zu merken von seiner Unruhe, von seiner nervösen Hast, die ihn manchmal überkam.

Und weil er ihr seine Liebe nicht mit Worten gestehen konnte, weil er dieses feine Lächeln fürchtete, das zuweilen um ihre Lippen zittern konnte, weil er im Banne dieser Überlegenheit stand, tat er ihr jeden Wunsch, erfüllte er alle ihre Launen, ohne Bedenken; und in seiner Liebe zu ihr, vor der sie zurückbebte, verschloss er sein Herz, damit sie ihn nicht ganz zurückstieß. –

Dann wurde ihnen das Kind geboren.

Er hatte gehofft, nun werde es anders. Aber er täuschte sich. Denn nun galt er ihr gar nichts mehr.

Jetzt lebte sie nur für das Kind, hatte nur mehr Augen und Sinne für ihren kleinen Willy, und so verlor er sie vollkommen.

Das Kind stand zwischen ihnen. Sie verließ es nicht einen Augenblick. Es diente ihr als Schild.

Da gab er alle Hoffnung auf, denn er zweifelte daran, ob es überhaupt in der Welt irgendetwas gab, das imstande war, ihr Blut auch nur um einen Pulsschlag zu beschleunigen.

Dieser apathische Gleichmut, diese vollkommene Leidenschaftslosigkeit tröstete ihn andererseits wieder. Es gab doch wenigstens keine Möglichkeit, dass er je irgendwelchen eifersüchtigen Anwandlungen unterlag.

Sie hatte freie Hand gehabt in all ihrem Tun und Lassen vom ersten Augenblicke ihrer Ehe an. Er hatte ein unerschütterliches absolutes Vertrauen zu ihr.

Nie war auch nur das geringste Wort gefallen. Ihr Verhalten zueinander war tadellos. Wie sie sich vor der Welt betrugen, er liebevoll, aufmerksam auf jede ihrer Bewegungen, so war er auch daheim, kein Unterschied, keine Nuance mehr oder weniger.

Zuweilen hatten sie beide das Gefühl, als ob sie sich wie zwei Gegner mit gekreuzten Klingen gegenüberstanden, allein es mischte sich zugleich ein Gefühl gegenseitiger Hochachtung ein, die es nie zu einem Ausfall kommen ließ.

Wie ernst sie ihre Pflichten nahm, das bewies sie zu jener Zeit, als man ihn halbverbrannt aus der Fabrik heimtrug.

Sie hatte nicht aufgeschrien, kein unnützer Laut des Jammers war in seiner Gegenwart über ihre Lippen gekommen.

Mit hingebendster Sorgfalt und unerschütterlicher Geduld hatte sie ihn gepflegt.

Sie tat ihre Pflicht, peinlich genau, jedes Wort befolgend, das der Arzt ihr sagte; sie tat ihr Äußerstes, ruhig und still, ohne Murren, aber auch ohne in ihrer Hingebung aufzugehen, so wie eine barmherzige Schwester, die ihr Leben für nichts achtet, die aber auch keine innere Beziehung zu dem Kranken hat.

Alle ihre Gewohnheiten legte sie ab. Es wurden keine Besuche mehr gemacht, ihre Freundinnen wies sie ab, und die allerneuesten Vorgänge der Gesellschaft ließen sie so völlig kalt, dass ihre Bekannten nicht wiederkamen, dass sie die Hoffnung aufgaben, und von ihr fast wie von einer Weltfremden sprachen.

So wurden sie vergessen, und als ihr Gatte wieder anfing, Hoffnung auf Genesung zu geben, da hatte sie die Fühlung verloren, und hatte auch das Bedürfnis nicht mehr nach jenen lärmenden, rauschenden Festlichkeiten, die ihr jetzt weniger zusagten als früher, wo sie ihr auch nur dazu gedient hatten, sich zu betäuben.

In den einsamen Stunden am Krankenbette, wenn das Nachtlichtchen seinen ersterbenden Schimmer hauchte, hatte sie Zeit gefunden nachzudenken, ihr ganzes inhaltsloses Leben an sich vorüberziehen zu lassen und Einkehr in sich selbst zu halten. –

Sie war aufgewachsen in der strengen Zucht ihrer Mutter, selbst ganz das Gegenteil, ein lebenslustiges, übermütiges Geschöpf, das gedankenlos in den Tag hineinlebte, dessen Sehnsucht darauf ausging, sich recht bald und möglichst reich zu verheiraten, um frei zu werden, um eine Rolle zu spielen. Und dann hatte sie eines Tages in kindischem Trotz, eigentlich nur um jemand anderen wehe zu tun, den ersten besten geheiratet. Und dieser erste beste war zufällig Hermann Braun gewesen, der in all der Zeit in ihrem Hause verkehrte, bis er eines Tages um ihre Hand anhielt, die sie im ersten Augenblicke ausschlug, um ein paar Tage später doch ja zu sagen.

Sie hatte sich das eigentlich alles ganz anders vorgestellt. Damals noch ganz befangen in romantischer Mädchenschwärmerei; und dieses Missverhältnis zwischen ihrer Empfindung, ihren heimlichen Wünschen und der prosaischen Wirklichkeit brachten sie aus aller Fassung, stumpften sie vollkommen ab, bis sie jedes Gefühl verlor.

So war sie sein Weib geworden, mit der redlichen Absicht, ihre Pflicht wie jede andere zu erfüllen.

Wenn der Kranke erregt wurde, wenn er mit seiner Nervosität sich und andern lästig fiel, so nahm sie das geduldig, ohne ein Wort der Klage hin. Sie behandelte ihn wie ein krankes Kind, das er war, und darüber konnte er sich innerlich so empören, dass er zuweilen in Tränen ausbrach. Aber er ließ es sie niemals ahnen; und wenn er seine Schmerzensanfälle hatte, duldete er nicht, dass sie um ihn war, und so gewöhnte sie sich wieder mehr und mehr daran, ihn fremden Händen zu überlassen.

Sie hatte ihren Gleichmut wiedergefunden und suchte jetzt nach Zerstreuung.

Dann saß er allein und las.

Im Hause lagen überall eine Unzahl von Zeitungen und Zeitschriften umher, englische, französische und deutsche.

Wenn er aber lesen wollte, so musste er meist jemand haben, der ihm behilflich war, die großen Blätter umzuschlagen, weil es Tage gab, wo er fast unfähig war, ein Glied zu rühren. Und dann machte ihn die Gegenwart eines Dieners wieder nervös. Allein er musste sich hineinfügen.

Jede naturwissenschaftliche Entdeckung, jeder Bericht einer Reise, vor allem die Vorgänge in Afrika, besonders über alle Neuerungen auf dem Gebiete der Chemie studierte er mit einem nie ermüdenden Eifer.

Wenn er allein war, grübelte er über neue Probleme nach.

So glaubte er einmal eine Lösung gefunden zu haben, um das Schwefeleisen völlig vom Schwefel zu befreien, sodass es zu allen Arbeiten verwendbar war, ohne die Gefahr brüchig und spröde zu werden.

Aber er war an seinen Krankenstuhl gefesselt und konnte nichts beginnen. Es handelte sich um ein paar komplizierte Experimente und die wollte er keinen andern für sich machen lassen. Ein anderer konnte das auch gar nicht.

In derartigen Stimmungsaugenblicken war er unerträglich.

Am meisten ließ er dann an Willy seine Launen aus. – Weshalb hatte er Jura, und nicht wie er es wollte Chemie studiert? – Dann hätte er die Fabrik übernehmen, dann hätte er sich leicht einen Namen machen können.

So wurde ihm nun kein Wunsch erfüllt. Sie hatten sich alle gegen ihn verschworen. Keiner kümmerte sich um ihn. –

Am meisten gab sich noch Onkel Jack mit ihm ab, Jack, mit dem er früher auf gespannten Fuße gelebt, von dem er lange Jahre hindurch nie ein Wort gehört hatte, bis er eines Tages unvermutet zurückkehrte, und ihn nun mit seinen drolligen Erzählungen unterhielt.

Und auch heute Abend unterhielt er die ganze Gesellschaft, bei der es anfangs ziemlich still hergegangen war, weil Frau Anna alle Augenblicke nach der Tür sah und bei jedem Geräusche aufmerkte, nervöser als je.

Er erzählte von seinen Reiseabenteuern in Chile, wohin er unter Leitung eines spitzbübischen Impresario einst mit seiner Kapelle eine Tournee gewagt hatte.

Er spickte seine Erzählung mit so mancher Kraftäußerung, so mancher echt amerikanischen Wendung und erzählte so humoristisch, dass ihm alle aufmerksam zuhörten, und er mit seinen Aufschneidereien immer mehr in Fluss kam, bis der Diener ihn mit der Meldung unterbrach, dass Herr Professor Petri soeben gekommen sei. –

6.

Frau Anna hatte sich erhoben, um dem Eintretenden entgegen zu gehen.

»Bitte tausendmal um Entschuldigung«, stieß er etwas hastig hervor. »Ich sehe, dass ich gestört habe. Gestatten Sie, gnädige Frau, dass dies Bouquet, die teilweise Ursache meiner unangenehmen Verspätung, meine Bitte um Verzeihung unterstützt.«

Ein vorwurfsvoller Blick aus ihren Augen traf ihn, dann nickte sie ihm zu, während er ihre Hand ergriff und sie fast zärtlich an die Lippen führte.

»Um dieser herrlichen Blumen willen soll Ihnen diesmal noch verziehen werden«, sagte sie lächelnd, während sie den feinen Duft der blassen Rosen einsog, und den Strauß dann in eine Vase auf die Tafel stellen ließ, in der bis jetzt ein bescheidenes Veilchenbouquet sich befunden hatte.

Der Professor begrüßte die Damen und schüttelte den Herren der Reihe nach die Hand, worauf er seinen Platz zwischen der Hausherrin und Emmy Dempwolf einnahm, die sein Kommen mit ihrem süßesten Lächeln begrüßt hatte.

»Denken Sie nur, gnädigste Frau«, wandte er sich zu Anna, »als ich das Bouquet abholen will, haben die Menschen die dunkelsten Rosen von der Welt genommen. Sie werden einsehen, dass das unmöglich war. Alle Traditionen wären damit vernichtet worden.«

Er beugte sich zu ihr hinüber, und sie sprachen leise weiter, während die übrigen sich wieder Onkel Jack zuwandten, der seine Geschichte zu Ende bringen sollte, indes Emmy Dempwolf schon auf den Moment wartete, um den Professor für sich zu gewinnen.

Allein vorläufig schien er sie gar nicht zu beachten, so sehr war er mit Frau Anna im Gespräch.

Um acht Jahre älter, hatte er sie von frühester Kindheit an gekannt; wohnte er doch nur wenige Häuser tiefer in der Straße, in einem niederen, schlicht grau gestrichenen Hause, hinter welchem von dichten Büschen ganz versteckt, tiefer im Garten das Bildhaueratelier sich befand.

Damals schon hatte Anna mit ihrer Mutter hier gewohnt, und sein Vater, der Geheimrat von Petri, verkehrte intim in dem Hause, dessen Besitzerin weitläufig mit ihm verwandt war und die er deshalb beständig Frau Cousine nannte.

Reinhold Petri war dann nach Italien gegangen, hatte drei Jahre in München und zwei in Paris gearbeitet, war inzwischen einige Male in der Heimat gewesen, und hatte sich jedes Mal mit der wilden, kleinen Anna gezankt, wobei es ihm viel Spaß machte, sie zu ärgern, auch in den Briefen, die sie hie und da wechselten; und als er endlich ganz heim kam, hatte sich seine Spielgefährtin, die er bis dahin geduzt hatte, mit dem Doktor Braun verlobt.

Dann war sein Vater gestorben, und er stand ganz allein da. Anna hatte sich bald verheiratet, und ihre kränkelnde Mutter war zu einem Bruder, der im südlichen Österreich ein Landgut hatte, übergesiedelt, und nach ein paar Jahren wurde auch sie dahingerafft.

Zu jener Zeit, als er heim kam und Anna als die Braut eines andern wiederfand, hatten sie sich fremd und kalt gegenüber gestanden.

Es war kein Wort gefallen. Er hatte ihr seinen offiziellen Gratulationsbesuch gemacht, und das hatte sie damals völlig entfremdet.

Allein Hermann Braun hatte zu dem Künstler eine freundschaftliche Zuneigung gefasst, wodurch er ihn zwang, ihnen näher zu treten. Bei jeder Gelegenheit suchte er Petri an sich zu fesseln, und es dauerte nicht lange, so war das vertrauliche Du zwischen ihnen eingeführt.

Seitdem verkehrte Reinhold Petri, der Junggeselle geblieben war, ständig in der kleinen Villa. Seit Brauns Unfall kam er täglich, meist kurz vor Mittag, um mit Hermann ein halbes Stündchen zu verplaudern.

Zur Winterszeit kam er mit Einbruch der Dämmerung, und dann saßen sie zu dreien um den großen schwarzen Marmorkamin, in dem die Holzscheite so lustig knatterten und prasselten; sie plauderten und riefen alte gemeinsame Erinnerungen wach, oder saßen im Schweigen träumend beieinander.

Auch heute plauderten sie von alten Erinnerungen, von einer Reise, die sie vor vielen Jahren durch die Schweiz gemacht hatten. Frau Anna war noch jetzt ganz entzückt von Lausanne, wo sie sich fast vierzehn Tage aufgehalten hatten, und sie konnte nicht Worte genug finden, um die Schönheit des Sees zu preisen.

»Jaja, Lausanne«, sagte der Professor. »Mir ist es nicht mehr unbekannt. Es ist ja kein Jahr hingegangen, dass ich nicht dort war ...«

Frau Anna beugte sich etwas tiefer über ihren Teller, ganz unwillkürlich und zerschnitt dann langsam ihrem Gatten das Stück Wildbret.

Niemand hatte die Bewegung gesehen, außer Petri, der ihr jetzt einen fast bittenden Blick zuwarf, als ob er sie um Verzeihung bitten müsse, dass er jetzt entschlossen fortfuhr:

»Und demnächst erhalte ich von dort längeren Besuch.«

»Ach!«, sagte Frau Dempwolf und sah ihn an, als ob er ihr die erstaunlichste Mitteilung von der Welt gemacht habe, ohne dass sie ahnen konnte, um was es sich handelte.

»Jawohl, mein Mündel kehrt aus der Pension zurück.«

»Wie? – Ihr Mündel ...?«

»Jawohl, gnädige Frau, mein Mündel. Es scheint Sie das in Erstaunen zu setzen, dass ich im glücklichen Besitze eines Mündels bin. Vielleicht bin ich Ihnen noch nicht alt genug dazu, um Vormund spielen zu dürfen?«

Emmy wurde auf diese lachend vorgebrachte Frage etwas verlegen, fuhr aber gleich wieder fort:

»O, durchaus nicht! – Darf man vielleicht etwas Näheres darüber erfahren?«

»Aber gewiss, gnädige Frau. – Die junge Dame also, denn das ist sie jetzt – zählt siebzehn Lenze und ist auf den schönen Namen Marie getauft, wird aber nie anders als Mignon genannt. Es ist das Kind eines meiner Freunde in Paris, und da ich selbst nicht die geringste Neigung habe, mich zu verheiraten, finde ich wenigstens auf diese Weise Gelegenheit, Vaterpflichten zu erfüllen.«

»Und weshalb wollen Sie nicht heiraten? Das verstehe ich nicht, das müssen Sie mir erklären.«

»Ich könnte Ihnen hundert Gründe dafür oder vielmehr dagegen anführen. Vielleicht genügt Ihnen der eine: Ich habe keinen Beruf dazu.«

»Das verstehe ich nicht.«

»Ich bedauere unendlich gnädige Frau, aber es ist eine Tatsache. Kein Spur von Talent.«

»Das wäre sehr bedauerlich. Sie sollten heiraten, Herr Professor. Ich bitte, in Ihrem Alter. Glauben Sie zum Beispiel, dass, wenn ich nicht schon meinen Wolf hätte, ich nein sagen würde!«

»Sie sind wirklich zu gütig, gnädige Frau.«

»Durchaus nicht, aber Sie sind mit Ihrem Spotte abscheulich.«

»Abscheulich? – Und dann soll ich heiraten?«

»Das ist doch aber kein Hinderungsgrund.«

»Ich glaube beinah doch.«

»Also, um wieder in andere Bahnen zu lenken«, sagte Emmy und kniff die Augen etwas zu, »Fräulein Mignon wird zurückkehren, und wir werden sie zu sehen bekommen?«

»Ich hoffe es – schon in den nächsten Tagen.«

»Sie wird ganz bei Ihnen bleiben?«

»Gewiss, sie ist lang genug fort gewesen, und ich denke, sie wird nun gescheit genug sein. Wer kann wissen, wie bald das Vögelchen flügge sein wird, und mich alten Knaben völlig sitzen lässt. Und ich bin so unbescheiden, etwas für meine Erziehungssorgen zu verlangen. Sie soll mir in mein Junggesellenheim ein bisschen Freude und Lebenslust bringen, und ich freue mich sehr darauf.«

»Ist sie hübsch?«, fragte die junge Frau diskret.

»Wenn Sie sich überzeugen wollen?«, erwiderte der Professor, und Messer und Gabel niederlegend, griff er in die Brusttasche und nahm aus einer schwarzen Ledermappe ein kleines Bild, das er seiner Nachbarin mit verhaltenem Stolze überreichte.

Die Fotografie stellte ein junges Mädchen dar, mit dunklem, bis auf die Schulter fallenden, leichtgelockten Haar. Die Stirn war völlig verdeckt, sodass die Haarspitzen die schmalen und fein ausgezogenen schwarzen Augenbrauen berührten.

Das ovale Gesichtchen, mit dem ungemein kleinen Munde, und den scharfgeschwungenen, vollen Lippen, trug den Ausdruck seltsamer Träumerei, ein fast schwärmerischer, aber doch energischer Zug.

Die Schultern waren voll und rund, nach dem Bilde zu urteilen; dabei aber eine feine, fast zierliche Taille. –

Emmy Dempwolf betrachtete das Bild lange sinnend, ehe sie sagte:

»Sie ist sehr schön, ganz eigenartig schön. Eigentlich eine etwas wilde, gefährliche Schönheit. Ich glaube, sie kann leicht sentimental werden.«

Petri lachte.

»Ich weiß nicht, aber ich glaube, Sentimentalität besitzt Mignon so gut wie gar nicht. Das aber weiß ich, dass es kein prächtigeres Mädel gibt, so herzensgut und edel veranlagt.«

Damit reichte er das Bild Frau Anna hinüber, zögernd vorsichtig, während er ihre Augen suchte.

Allein sie schlug sie nur einen Augenblick auf, dann vertiefte sie sich in die Betrachtung des Bildes.

Er sah, wie ihre Finger leise zitterte, nur einen Moment, als sie die Fotografie nahm – dann beherrschte sie sich wieder vollkommen. Dann gab sie es ihrem Gatten, der es weiter reichte, sodass es die Runde am Tisch machte.

»Sie hat sich sehr wenig geändert«, bemerkte Doktor Braun. »Sie sieht fast noch ebenso aus, wie vor sechs Jahren, als sie hier war. Entsinnst du dich nicht mehr, Willy? Es waren nur ein paar Tage – allein ihr gerietet gleich am ersten in den heftigsten Streit.«

»Aufrichtig gesagt, weiß ich kaum noch etwas davon. Nur ganz dunkel kann ich mich erinnern.«

»Ist sie noch immer so leidenschaftlich wild, und ich möchte fast sagen jähzornig?«, fragte Frau Anna leise.

»Durchaus nicht mehr. Sie ist jetzt ganz Dame, ehrlich gesagt, sie ist mir sogar zu vornehm steif geworden, zu sehr Pensionsdämchen. Aber ich hoffe, dass ihr diese kleinen Mucken hier bald vergehen. Ich möchte sie gern allmählich in die Gesellschaft einführen. Es muss ja doch einmal sein.«

»Die sieht ja beinah aus wie eine kleine mexikanische Wilde!«, rief Onkel Jack. »Nehmen Sie's mir nicht übel, bester Professor, es soll nämlich ein Kompliment sein. Das Mädel gefällt mir. Es ist Rasse drin … Hoffe, wir werden gute Freunde werden.«

Er reichte das Bild Willy hinüber, der es anfangs nach einem flüchtigen Blicke, als geniere er sich, das hübsche Mädchengesicht genauer zu betrachten, weitergeben wollte.

Allein Frau Dempwolf hatte sich ganz dem Professor zugewandt, und so legte er es neben den Dessertteller und betrachtete es genauer.

Mignon trug ein dunkles, ausgeschnittenes Kleid mit einem Schifferkragen, sodass der Hals frei war, um den sich ein schmales, dunkles Band mit einem kleinen Medaillon schloss.

Je genauer er das Bild ansah, umso mehr Leben schien es zu gewinnen, und es übte einen eigentümlichen, fast geheimnisvollen Reiz auf ihn aus.

Eigentlich schön fand er sie nicht, nur äußerst originell und interessant.

Als Emmy Dempwolf sich zu ihm wandte und nochmals mit ihm gemeinsam das Bild betrachtete, behielt er es noch eine ganze Weile in der Hand, ehe er es dem Professor zurückgab.

Es war doch ein merkwürdiges Gesicht, am seltsamsten die Augen; eine eigentümliche Mischung von Kind und Weib lag in ihrem Ausdrucke.

Es wirkte auf ihn wie ein scheinbar leicht fassliches Rätsel, dessen Lösung man jeden Augenblick zu finden meint, ohne dass es einem gelingen will.

Den ganzen Abend über verließ ihn die Erinnerung nicht. Er sah es vor sich, fast greifbar, und vermochte es nicht aus seinen Gedanken zu bannen. –

Die Tafel war aufgehoben und man hatte sich zwanglos drüben im Salon, dessen Balkontüren trotz der frischen, feuchten Abendluft weit aufstanden, den Café erwartend, niedergelassen.

Willy trat auf den nassgeregneten Balkon, und blickte in die Nacht hinaus. –

In dem weit gegenüber liegenden Hause schimmerte wie allabendlich in einem Fenster des zweiten Stockes Licht, meist bis tief in die Mitternacht hinein.

Der Schein zitterte durch die Blätterlücken der sich zuweilen leise bewegenden Bäume. –

Wer mochte dort wohnen, hatte er sich schon oft gefragt, und bis in die Nacht hinein arbeiten?

Während er sich diese Frage stellte, sah er schon wieder das Mädchenantlitz, sodass er in den Salon zurücktrat und mit Frau Dempwolf ein Gespräch anknüpfte, die in einem Sessel saß und mit ihren langen schwedischen Handschuhen spielte, einsam und gelangweilt.

Die Herren zündeten sich ihre Zigarren an, mit Ausnahme von Willy, der daheim nie rauchte.

Er wusste, dass es der Mutter, trotzdem sie oft das Gegenteil behauptete, nicht recht angenehm war.

Emmy erklärte Willy, dass es eine Leidenschaft von ihr sei, sich ganz im Geheimen eine Zigarette zu gestatten; Onkel Jack machte an dem Likörkörbchen eingehendere Studien und hörte dabei zu, wie die Frau Hauptmann von ihrem guten Ruschwedel erzählte, nachdem Onkel Jack sie durch die Wiedergabe seiner Heldentaten als Offizier in den Staaten auf dies Thema gebracht hatte.

Der Professor hatte sich zu Frau Anna gesetzt und sprach leise auf sie ein, angelegentlich und fast erregt flüsternd, indem er den übrigen halb den Rücken kehrte.

Es wurde Frau Dempwolf zu langweilig, und sie schlug Willy vor, in den Garten hinab zu gehen. So unangenehm es ihm war, musste er ihr Folge leisten.

Sie warf ein leichtes, seidenes Tuch um die Schultern und hing sich plaudernd an seinen Arm. –

Von den dunklen Bäumen fielen einzelne Tropfen hie und da, wenn der leichte Nachtwind die Zweige schüttelte.

Ein feuchter, erdfrischer Dunst lag über den Blumenbeeten und den weiten, kurzgeschorenen Grasflächen.

Die Wege waren noch feucht, mit kleinen Seen am Rande, sodass sie Mühe hatten, trockenen Fußes durchzukommen.

Allein Emmy ließ sich nicht abschrecken.

Sie fand das furchtbar romantisch. –

Willy wollte gleich anfangs umkehren, allein sie gab es nicht zu. Es machte zu großen Spaß.

Wenn die Tropfen von den Bäumen rasselten, zog sie ihren Begleiter eilends davon. Sie hätte ihn so gern aus seiner Ruhe gebracht, aber es gelang ihr nicht. So gab sie es endlich auf. Und als sie hörte, dass man droben zu musizieren anfing, sagte sie:

»Ach Gott. Agnes fantasiert. Da müssen wir schon wieder hinauf, sonst wird sie böse.«

Mitternacht war längst vorüber. Doktor Braun nickte alle Augenblicke ein, und man entschloss sich zum Aufbruch.

Der Professor sprach noch eine Weile mit der Hausfrau, intimer als gewöhnlich, dann brachte Onkel Jack die beiden Damen fort, während Will den Professor bis hinüber zu seinem Häuschen geleitete.

Am Gittertore blieben sie stehen. Petri fasste die Hand seines Begleiters und mit einer Stimme, die weicher und inniger klang als gewöhnlich, bat er ihn:

»Nicht wahr, Will, wenn Mignon kommt, wirst du mir helfen, dass es ihr bei uns gefällt, nicht wahr? – Ihr beiden müsst gute Freunde werden. Ich hoffe, dass es geschehen wird. Und nun: Gute Nacht, mein Junge, und komm gut heim ...«

Sie schüttelten sich die Hände, und während der Professor die Gartentür öffnete, schritt Willy der Charlottenburger Chaussee zu. Er wollte noch durch den Tiergarten zur Stadt zurück.

Der Wind war lebhafter geworden. Das Flackerlicht der Laternen tanzte über die Pfützen auf den Wegen, und warf seinen rötlichen Schimmer über den durchweichten breiten Fahrdamm.

Der Sturm rauschte in den Zweigen, und schüttelte mit dem Nachregen ganze Schauer welk werdender Blätter in den Schmutz. Es sauste und brauste in den Wipfeln, anschwellend zu wildem Rauschen, um dann langsam wieder zu verraschen.

Die Äste ächzten und knackten, und kleine Zweige stürzten brechend zu Boden.

Und während Willy unter den zusammenschlagenden Bäumen dahinschritt, und einzelne kalte Tropfen ihm in das heiße Gesicht schlugen, war ihm, als sähe er zwischen den breiten Stämmen ein liebliches Mädchengesicht, ganz umrahmt von dunklen Haaren, bleich und märchenhaft, das ihm so eigen zulächelte.

Es schien zwischen den Büschen hinzuhuschen, plötzlich an irgendeiner dunklen Stelle aufzutauchen, und wieder zu verschwinden, wenn er schärfer hinsah.

Erst als er an der Siegesallee die gewaltigen, grauen Quadern des Tores und dann den einsamen, lichterfüllten Platz vor sich sah, verschwand ihm das Bild des seltsamen Mädchenangesichtes, um in seinen Träumen wiederzukehren, als wolle es ihn nicht mehr lassen. –

7.

Es war ein herbstlich sonnenheller Sonntagmorgen, als Willy Braun und Adolf Wurm durch den Tiergarten nach Charlottenburg hinausgingen.

Sie schlenderten langsam, die Menschen beobachtend, die ihnen entgegenkamen oder sie überholten, verloren sich in einen Seitenweg, und sahen dem Spiel zweier Drosseln zu, die in den welk werdenden Gebüschen sich jagten und umherflatterten.

Der Himmel war wolkenrein, die Luft weich aber klar, wie bei herannahendem Herbstfroste, sodass sich alle Gegenstände in der Vormittagssonne scharf und farbenrein voneinander abhoben, als sei die ganze Natur einer Wochenreinigung unterzogen.

Von den absterbenden Bäumen raschelten kreisend die gelben und hellbraunen Blätter nieder und knitterten, wenn sie in das trockene Laub fielen, das überall den Boden dicht bedeckte.

Willy trieb zuweilen mit seinem Stocke ein paar Blätter vor sich her, und der Ton, den diese breiten, tiefgelben Ahorn- oder schmutzigroten, runden Linden- und Buchenblätter beim Aufeinanderfallen erzeugten, ein fröstelnder, harter Laut, berührte ihn nicht unangenehm.

Als sie die Bellevue-Allee überschritten, musste er an eine Szene denken, die er vor Kurzem hier mit Emmy Dempwolf gehabt hatte.

Er hatte ihr den Gefallen getan, und war mit ihr ausgeritten, nachdem ein Bekannter ihm mit liebenswürdiger Bereitwilligkeit Pferde zur Verfügung gestellt hatte.

Der Gaul war lammfromm, allein die übermütige junge Frau hatte ihn durch fortwährende unsinnige Manöver derart verstört, dass er zu bocken anfing und Willy alle Mühe hatte, ihn zu beruhigen und einen Unfall zu verhüten.

Es schien, als wolle sie es darauf anlegen, ein Abenteuer herbeizuführen; und ihr ganzes Benehmen war so herausfordernd, dass er alle Lust verlor, noch einmal mit ihr auszureiten.

Je höflicher und zurückhaltender er sich betrug, umso koketter wurde sie gegen ihn, und so war er froh, als sie endlich abreiste; zumal es ihm unangenehm war, dass er nicht mehr hinauskommen konnte, ohne sie bei seiner Mutter zu treffen.

Es berührte ihn peinlich, seine Mama in dieser Gesellschaft zu sehen, und eines Tages hatte er es ihr offen gesagt, aber sie hatte ihn ausgelacht und ein eifersüchtiges Närrchen geheißen. Was wollte er denn nur? – Es war eine junge lebenslustige Frau, halb noch ein Kind, die auf ihrem einsamen Gute saß und sich jetzt ein bisschen austollte, trotz ihrer grämlichen Schwester, die von nichts anderm reden konnte als von ihrem seligen Hauptmann.

Und hier hatte sie niemanden als Onkel Jack, der ihr vielleicht ein bisschen schmeicheln konnte, und der war in seinen Beteuerungen nicht immer so ganz salonfähig.

Professor Petri war nach Paris gereist, um bei seiner Rückkehr Mignon abzuholen. –

Drei Wochen waren seit Frau Annas Geburtstage verflossen. In den letzten Tagen war dann auch Emmy Dempwolf zu ihrem Brummbären zurückgekehrt, und es war wieder still geworden in der kleinen Villa.

Wenn Willy hinauskam, fuhren sie zu dreien spazieren, oder wenn der Vater gut aufgelegt war, diskutierten sie miteinander. Allein Will hatte dabei einen schweren Stand, weil Doktor Braun so gar kein Verständnis für Schulphilosophie hatte. Alles, was über die Grenze exakter Forschung hinausging, hatte für ihn weder Wert noch Zweck; und immer hatte er bei derartigen Gesprächen bald einen Angriffspunkt gefunden, den Willy nicht verteidigen konnte, weil es sich meist um eine aus dem System herausgerissene Einzelheit handelte, die nur im Zusammenhange Wert und Bedeutung hatte.

Willy hatte eine unbegrenzte Achtung vor dem Vater, vor dem Umfange seines zwar mehr dilettantischen, aber im Laufe der Zeit wohlgeordneten Wissen.

Deshalb diskutierte er gern mit ihm, aber er respektierte den Kranken zu sehr, und wagte es nicht, mit gleichen Waffen zu kämpfen.

Er war niemals zu ihm in ein wirklich herzliches Verhältnis getreten, sie blieben sich fremd; und wenn es sich um eine wichtige Angelegenheit handelte, so gab die Mutter den Ausschlag.

Auf sie hatte er all seine Liebe übertragen, während der Vater arg zu kurz kam, der an seinen Krankenstuhl gefesselt, zur Untätigkeit verdammt war.

Willy unterhielt sich jetzt mit Wurm über den Vater. Der Musiker war ein paarmal bei ihnen gewesen und hatte ihnen einige seiner Sachen vorgespielt.

Aus all seinen Melodien klang eine versteckte Resignation, ein schwermütiger, fast tragischer Zug, etwas wie gebrochener Wille.

Er arbeitete an einer großen Oper, von der er gern sprach, und zu der er sich den Text selbst schrieb.

Er wollte heute zu Jack Braun hinaus, um ihm den ersten Akt vorzuspielen; deshalb war er etwas erregt, denn bis dahin hatte noch kein Mensch weder ein Wort noch eine Note davon zu Gehör bekommen.

Sie hatten sich wieder tiefer in den Tiergarten verloren, schlugen aber jetzt die Richtung nach der Chaussee ein; wo leicht gebaute Equipagen mit fröhlichen Insassen dahinjagten: Damen, arrogant-lässig in die Kissen zurückgelehnt, jubelnde Kinder, wegen des graudrohenden Herbstes in mehr winterliche Gewänder gekleidet.

Noch lag mit wärmenden Strahlen die Sonne auf dem dörrenden Geblatt und färbte die noch grünen Blätter am Rande gelb, warf immer größer werdende braune Tupfen und Flecke auf die Mitte und sog den Lebenssaft langsam aus den schwachen Stängeln, bis ein Lüftchen kam und das Blatt knickte, mit jenem leisen, sterbenden Laute, der wie ein kleiner Sterbeseufzer klingt; oder bis es altersschwach ganz von selbst träge vom Aste brach.

Die Gärten an der Berliner Straße, an die sie inzwischen gekommen waren, fingen an, zu veröden; die Blumen waren verschwunden, nur spätblühende Geranien und dürre, hochstämmige Astern verliehen mit ihren bunten Blütenköpfen der Einförmigkeit Farbe.

Das Gras hatte seine lebenssatte Färbung eingebüßt und ward schmutzig graugrün. In den Wegen faulte das erste welke Laub, und die Rosenstöcke streckten ihre blütenleeren Dornenzweige zum Himmel.

Der Herbst zog früher als gewöhnlich ins Land, nur am Tage konnte er vor der Kraft der Sonne noch nicht aufkommen. Dafür setzte er dann in der Nacht sein Zerstörungswerk umso eifriger fort.

Auch im Garten der Villa der Sophienstraße sah es trübe aus. Der Gärtner bemühte sich vergeblich, farbige Blumenrabatten zusammenzustellen. Der Nachtfrost verdarb ihm alles, und mit den eigentlichen Herbstblumen machte es sich gar so kahl. –

Wurm ging weiter zur Knesebeckstraße, wo Jack Braun wohnte, während Willy die Mutter suchte, die er trotz des kühlen Morgens auf der Terrasse sitzen fand.

Das fahlgelbe Weinlaub kletterte über die Brüstung und versuchte, an den schlanken ionischen Säulen, die den Balkon trugen, sich emporzuranken.

Eine breite Treppe von wenigen Stufen führte in den Garten hinab. Auf den seitlichen Absätzen standen einige Oleanderkübel, die jetzt zur Nachtzeit schon in das Gewächshaus gebracht werden mussten.

Frau Anna saß in einem niedrigen Gartenstuhle, über den ein graues Elennfell gebreitet war.

Ein aufgeschlagenes Buch, zur Hälfte noch unaufgeschnitten, lag gähnend auf dem kleinen Tische. Es musste schon lange dort liegen, denn die aufgeblätterten Seiten waren schmutzig geworden von all dem Staube, der von den nahen Tonfabriken, der Chaussee und den Abladeplätzen des Spreekanales in der Luft umherirrte ...

Ihre Gedanken mussten weit fort sein, denn sie hörte nicht, als Willy die Terrasse betrat.

Er blieb in der Tür stehen und beobachtete sie.

Ein feiner, aber scharfer Zug von innerlichem Leid lag um die Mundwinkel und zog sich von den Augen wie ein matter Strich die blasse Wange herab.

Sie hatte das Kinn in die Hand gestützt und blickte in den Garten hinaus, wo die Morgensonne mit vollem Scheine so friedlich auf den saubergeharkten, mit gelbem Sande bestreuten Wegen lag und in den feinen Silberstrahlen des plätschernden Springbrunnens glitzerte.

Willy betrachtete die Träumende lange.

Wie schön sie noch immer war; weshalb war er nicht Maler, um sie malen zu können, wie sie dalag, in dem mattgelben Morgenkleide von dem die roten Bänder und Schleifen sich lebhaft abhoben, mit ihrem durchsichtigen Elfenbeinteint und den dunkelbraunen, etwas wirren Haaren, in denen wie versunken eine Teerose schwamm.

Er trat einen Schritt vor, auf die bunten Fliesen. Sie hob den Kopf, und er sah deutlich, wie plötzlich in den wehmutstrunkenen Augen eine lachende Freude aufleuchtete, – wie in dem Gesichte, über dem eben noch ein Schleier von Melancholie lag, eine Veränderung vorging, wie mit einer Landschaft, über die Wolkenschatten zerflattern.

Sie streckte ihm die Hand hin, und er küsste diese schlanken Finger mit fast andächtiger Scheu, dass sie ihn zu sich herabzog und ihre Lippen auf seine Augen presste.

Und nun holte er einen kleinen Strauß von Dijonrosen hervor, mit ihren weißen, zarten Knospen, die er ihr mitgebracht hatte.

Gleich einem Verliebten war es ihm zur Gewohnheit geworden, niemals mit leeren Händen zu kommen.

Wenigstens eine Blume musste er ihr mitbringen, um ihr zu zeigen, dass er inzwischen an sie gedacht hatte.

Er verbarg dergleichen, vor allen vor dem zum Spott nur zu sehr veranlagten Lautner, weil er sich sehr wohl bewusst war, dass er einen übertriebenen Kultus mit seiner Mutter trieb. Sie wussten ja nicht, was sie ihm alles war. –

Er sah, wie sich seine Bekannten gedankenlos an das erste beste Mädchen wegwarfen, er kannte jene alltäglichen Beziehungen, die oft Wochen und Monate dauerten, und sich dann ebenso gleichgültig wieder lösten, ohne alle Romantik, ohne Liebe. Er sah, wie die Liebe rings um ihn als Ware aufgefasst wurde, oder was noch schlimmer schien, eine Lüge war.

Er hatte das drängende Bedürfnis nach Liebe, er musste vor allem jemand haben, dem er sein Herz ausschütten konnte. Er hielt es nicht aus, lange allein zu sein; es trieb ihn stets zu anderen hin. So fühlte er sich zu Lautner hingezogen, allein er fürchtete sich vor seiner klaren Lebensauffassung, die keine Spur von Romantik aufkommen ließ, die immer gleich prosaisch gesund, nüchtern aburteilte.

Mit Bangen sah er die Zeit kommen, da er fern von Haus sein musste, dass auch er, gleich den anderen sich vielleicht endlich einen Ersatz suchen würde, den er vor sich selbst nicht verteidigen konnte.

Er musste jemand sein ganzes Innere offenbaren können, der ihn mit Geduld anhörte, denn er war oft unruhig, unzufrieden mit sich und seiner Arbeit.

Er war nervös geworden, von jener Nervosität, wie sie dem Großstädter eigen ist, der sich in geistiger Arbeit aufreibt. Eine Unbefriedigtheit, ein Hasten und Drängen nach immer Neuem beseelte ihn; er wollte das, was noch dunkel vor ihm lag, möglichst bald erreichen, um nicht im bangen Zweifel verharren zu müssen.

In solchen Augenblicken ließ er seine Bücher im Stich und kam unerwartet zur Mutter, denn er wusste, dass er bei ihr seine Ruhe wiederfand, und alles mit einem Schlage wieder gut war.

Er war sentimental veranlagt, aber er konnte sich nicht ausgeben. Das Gefühl schlummerte in ihm und häufte sich mehr und mehr, je größer die Gleichgültigkeit und Gefühllosigkeit um ihn her zunahm.

Es schauderte ihn vor diesem Mangel an Seele, vor dem Bewusstsein, dass auch er einmal so werden konnte wie die andern, die doch gewesen sein mussten, wie er; denn er sah es an seinen Freunden, wie sie in dieser Atmosphäre der Apathie langsam untergingen.

Deshalb klammerte er sich an seine Liebe zur Mutter. Solange er sie hatte, konnte er sich nicht selbst verlieren; wenn er nur ihre Stimme hörte, wich das Angstgefühl von ihm, wie Schatten und Nebel vor der Sonne.

Er kam sich vor wie ein törichtes Kind, das hinter dem Mutterrocke Schutz sucht vor eingebildeten Spukgestalten, und trotzdem hatte er nicht den Mut, sich auf sich selbst zu besinnen. –

Er streichelte ihr die Hand, während sie den feinen Hauch der Dijonrosen einsog.

Dann legte sie das Bouquet auf den Tisch und sagte:

»Geh einmal hinauf zu Papa. Er hat schon den ganzen Morgen nach dir verlangt.«

»Du schickst mich schon wieder von dir fort?«

»Ja, und wenn du wiederkommst, werde ich dich noch einmal fortschicken.«

»Ich soll dich heute wohl gar nicht sehen«, lachte er, während er ihre beiden Hände umschlossen hielt.

»Du musst dich heute den andern opfern, nicht mir. Nun geh hinauf, und wenn du wiederkommst, erfährst du mehr ...«

Frau Anna blieb allein und tändelte mit den Rosen. Sie nahm ihre Gedanken wieder auf, aber jetzt verwirrte sich alles, und sie fand die Ruhe von vorhin nicht wieder.

Sie blickte hinaus, wie die Sonne auf die gerade abgestochenen Gartenwege schien, sie hörte das leise melodische Plätschern des Springbrunnens, und dann glaubte sie die Stimme ihres Gatten und Wills zu hören, hie und da ein abgerissener Laut. –

Zwei Sperlinge flatterten auf die Terrasse, jagten sich raschelnd im Weinlaube, und balgten und zausten sich dann auf dem bunten Fliesenboden, bis sie wie erschreckt plötzlich auseinanderflogen, als Frau Anna sich bewegte.

Sie hatte die Augenbrauen zusammengezogen, sie wollte an etwas nicht denken, aber es war ihr nicht möglich. Sie besaß sonst die beneidenswerte Fähigkeit der Frauen, rasch zu vergessen, im vollsten Maße.

Alles was hinter ihr lag, nahm für sie eine fast traumhafte Gestalt an. Was hinderte sie, die Dinge anders zu denken, als sie gewesen waren? ...

Zwei Verse Calderons hatten einmal Eindruck auf sie gemacht und waren ihr im Gedächtnis geblieben:

> Denn nur ein Traum ist alles Leben,
> Und selbst die Träume sind ein Traum. –

Sie murmelte es leise vor sich hin: »Und selbst die Träume sind ein Traum ...«

Die Vergangenheit kann nur Schatten beschwören. –

Aber wenn die Vergangenheit Gestalt annahm, Fleisch und Blut gewann?

Sie schüttelte den Kopf. Sie sorgte sich da um Dinge, die sie im Grunde nichts angingen. Was war ihr das jetzt noch? ... Nichts! – Gar nichts.

Sie hörte die Stimme ihres Mannes jetzt deutlich. Er sprach laut und lachte. Und die Stimme klang kalt und klar, dass es sie fröstelte mitten im Sonnenschein.

Sie ärgerte sich darüber; wenn das so fortging, machte es sie noch nervös.

Und all das um das Kind, das Reinhold Petri aus Lausanne mitbrachte, und dessen Mutter sie einmal gehasst hatte. Die Mutter lag schon lange im Grabe, und das Kind trug doch keinerlei Schuld.

Wie lang das her war? – Und wie die Zeit verging, eilends; aber die Zeit hinterließ ihre Spuren.

Sie verheimlichte es sich nicht mehr; sie wurde zusehends alt, vielleicht weil sie so lange jung geschienen. Das Alter kam über Nacht.

Wenn sie genauer hinsah, so mehrten sich in den Augenecken die Krähenfüße, und zwischen ihren Haaren fand sie immer mehr graue.

Sie kämpfte nicht mehr dagegen an, sie hatte ein Recht, alt zu werden; wenn Willy es auch nicht zugeben wollte.

Er kam jetzt wieder herab, nachdem er ein halbes Stündchen mit dem Vater verplaudert hatte.

»Schenkst du mir nun noch ein Viertelstündchen?«

»Gewiss, Mama!«

»Dann geh hinüber zum Professor – er ist gestern zurückgekommen – und sag', er solle ja nicht versäumen, um zwei zu Tisch zu kommen.«

»Das ist alles?«

»Ja, doch halt. Darf man ein paar Rosen aus dem Bouquet nehmen?«

»Soll ich die dem Professor bringen?«

Sie sah plötzlich auf, dann lächelte sie:

»Gewiss, wem denn sonst?«

»Ah, ich weiß, Fräulein Mignon ist angekommen.«

»Das weiß ich nicht, ob Fräulein Mignon angekommen ist, mein hoher Herr.«

»Wem soll ich denn aber die Rosen geben?«

»Du hast es ja selbst gesagt, dem Professor. Geh nur hinüber und richte deine Botschaft aus, und wenn du jemand triffst, der dir dieser Rosen würdig scheint, so gib sie ihm. Das wird dann schon der Professor sein.«

»Nein, ich glaube, ich werde sie wieder mit heimbringen, um sie dir zu geben.«

»So, und deshalb schickt man dich also fort. Nun mach aber hurtig.«

»Du wirfst mich ja beinah hinaus. – Aber das hilft dir nichts, die Rosen bekommst du doch wieder.«

»Wir werden ja sehen ...«

8.

Nach wenigen Schritten stand Willy vor dem Hause Petris.

Vor dem langgestreckten einfachen Gebäude zog sich ein schmaler, wohlgepflegter Blumengarten hin, der durch ein hohes schmiedeeisernes Gitter von der Straße getrennt war.

Willy trat in das Haus ein. Auf dem breiten, fliesenbelegten Hausflur traf er die alte Haushälterin Petris, Fräulein Minna, eine stattliche Dame, trotz ihrer fünfzig Jahre. Sie hatte noch ein Mädchen zur Verfügung, mit dem gemeinsam sie den kleinen Hausstand versorgte.

Mit der großen, weißen Schürze und der weißen, Rüschenhaube auf dem grauen Haare sah man es ihr an, dass sie einmal hübsch gewesen sein musste, nur in den Augen lag etwas von Heimtücke und Bosheit.

Willy mochte sie nicht leiden, obgleich sie ihm stets aufs Höflichste entgegenkam.

Der Professor stand ganz unter ihrer Herrschaft und musste sich ihr in allen häuslichen Angelegenheiten unbedingt fügen. –

Nur im Atelier hatte sie nichts zu sagen.

Auch betrat sie es aus dem Grunde nicht, weil ihr all die Figuren dort ein Gräuel waren. Hatte doch der Professor seine Not gehabt, bis er es durchsetzte, dass eine ausgezeichnete Kopie der Mediceerin im Salon aufgestellt wurde.

In blindem Eifer wütete sie gegen die Heidengötter mit den verrückten Namen, bei denen sich kein ehrlicher Christenmensch etwas denken konnte; und da sie erzkatholisch war, gab sie sich erst zufrieden, als die Sixtina gleichfalls im Salon aufgehängt ward, obgleich ihr diese Nachbarschaft viel Kopfweh bereitete.

Mit dem Federwisch in der Hand lief sie eifrig im Hause umher, jedem kleinsten Stäubchen den Krieg erklärend. Heute war sie ganz aus ihrer Ruhe gebracht. Es ging heut alles drunter und drüber.

Wo der Professor war, wusste sie nicht; vielleicht im Garten oder sonst wo; sie wusste rein gar nichts.

Sie fing an, mit dem Mädchen zu schelten, dass es Willy noch bis in den Garten hinein hören konnte.

Durch den Hinterflur, in dessen Nischen ein paar wunderliche Allegorien, krause Einfälle einer barocken Künstlerlaune standen, trat er in den parkähnlichen Hintergarten mit den dichten Gebüschen, in denen das Atelier versteckt lag, mit seinem hohen Glasdache, das durch die Wipfel der erst jung angepflanzten Bäume hindurchschimmerte.

Tiefe Stille herrschte in dem weiten Garten, und frischer Morgenduft lag über den in erster Frühe reichlich besprengten Grasflächen.

Ein Laubgang führte zum Atelier. Die Tür stand auf, und die den inneren Eingang bedeckende Portiere war halb zur Seite geschlagen.

Im Glauben, dass Petri anwesend sei, trat Willy vorsichtig die beiden Stufen hinauf; allein er hatte sich getäuscht, und nun trat er völlig in den großen von milchweißem Lichte durchfluteten Raum.

Schlichte, weißgetünchte Wände, gegen die die Skulpturen eines unvollendeten Frieses lehnten, ein paar Konsolen mit Gipsabgüssen, Bossierschemel, ein paar niedere Modelltische und drüben die große Drehscheibe eines neuen Werkes, eines mit nassen Tüchern verhängten Tongefüges, das noch niemand zu sehen bekam.

An der Hinterwand ein paar Oleander und Palmen. Die Blätter grau gepudert, unter denen ein Diwan sich befand, und zwei Fauteuils um einen runden Tisch, wenn Besuch kam. Etwas seitwärts ein niedriger orientalisch buntgemusterter Diwan, auf dem sich ein rotseidener Schlummerpuff herumtrieb. Daneben ein Rauchtischchen mit losen ägyptischen Zigaretten, mit deren feinem grauen Rauch der Künstler in träumerischen Stunden das hohe, lichte Atelier mit seinem breitspannenden Glasdache erfüllen konnte, von der Arbeit ermattet, faulbehaglich ausgestreckt.

In einer Nische auf einem Ebenholzsockel die Büste von Frau Anna, deren Original sich im Arbeitszimmer Doktor Brauns befand.

Um die Büste, eine Arbeit aus der ersten Zeit ihrer Bekanntschaft, schlang sich noch ein verwelkter Kranz, dessen Blüten entblättert am Fuß der Säule lagen. Seit Wochen hing der Kranz hier, seit dem Geburtstage Frau Annas.

Eine ganze Weile betrachtete Willy diesen jugendschönen Kopf, und schon war er im Begriff, die Blumen, die er in der Hand hielt, hier niederzulegen, als er wieder zauderte, sie dem toten Kranze beizufügen.

Er warf noch einen Blick durch diesen einfachen, weiten Raum, wo auf allen Gegenständen, auf jeder Fläche, in jeder Falte, jener feine weißgraue Staub lagerte, ein Staub, der sich ungestört wochenlang hier ansammelte, bis Fräulein Minna in einer Ruhepause einmal die Erlaubnis erhielt, mit Besen und Staubtuch den Kampf gegen den Schmutz aufzunehmen, wobei sie mit einem wahren Vergnügen rücksichtslos mit dem Federwisch über die nackten Glieder der Statuen fuhr; einer schönen Frauenbüste oder einem grinsenden Faun in gleicher Weise das Gesicht bearbeitete, und den Boden von den steinhart gewordenen grauen Tonklümpchen wieder reinigte.

Jetzt war es hier still, wie in einem Tempel, ein weihevolles Heiligtum des schöpferischen Menschengeistes.

Willy riss sich endlich los. – Wie wohl das welkende Grün den Augen tat, nach diesem blendenden aufdringlichen Lichte im Atelier. –

Vielleicht war der Professor im Garten, in dem halbdunklen, weinlaubumrankten Gange, der sich an der einen Seite der Grenzmauer hinzog, wie geschaffen, hier nachdenklich auf und ab zu wandeln.

Aber auch dort fand er ihn nicht, und so wandte er sich dem kleinen Pavillon zu, der etwas erhöht an der andern Seite lag, ein leichter aus gebrechlichem Holz errichteter chinesischer Turm, in den von allen Seiten das Licht einfluten konnte, nur dass es die anwachsenden Bäume mit jedem Jahre mehr wehrten.

Schon von fern sah Willy durch die Büsche ein helles Kleid schimmern.

Er beschleunigte seine Schritte und stand jetzt vor den drei Stufen, die zum Pavillon hinaufführten.

Unter dem breiten schirmartigen Dache saß eine junge Dame, die sein Kommen überhört haben musste, denn sie las ruhig in einem Buche weiter, das ihr im Schoße lag, und das sie nur leicht mit der linken Hand hielt, während die rechte lässig herabhing.

Sie trug trotz der Jahreszeit ein leichtes helles Kleid, mit weiten Ärmeln, die nur bis zur Hälfte des Unterarmes reichten. An der linken Seite floss von der Taille eine breite schwarze Schärpe herab, und ein grellroter Sonnenschirm lag an dem Stuhle, sodass er scharf von dem Kleide abstach.

Zu ihren Füßen, wie achtlos fallen gelassen, ein breitrandiger Hut mit langen roten Bändern, neben dem sich ein kleiner Fuß im schwarzen Promenadenschuh wie ungeduldig nervös hin und her bewegte.

Willys Blick glitt von den zierlichen Füßen hinauf bis zu dem Gesichte, das sie noch immer abgewandt hielt.

Wenn er es auch nicht gewusst hätte, so musste er sie sofort an den auf die Schultern fallenden dunklen Haaren erkennen.

Die Mutter hatte ihn also nur necken wollen. –

Jetzt hob das junge Mädchen das Gesicht. Sie trug das Haar nicht mehr so tief in die Stirn, dennoch aber war das leichtgebräunte Antlitz von den dichten Haaren völlig umrahmt.

Als sie ihn erblickte, glitt ihr das Buch beinah aus der Hand, allein sie ergriff es noch rechtzeitig, während sie sich langsam erhob.

Dann sahen sie sich beide an.

Sie hatte nicht jene krankhafte Farbe der Städterinnen. Ein leichtes Goldbraun lag auf ihren Wangen, die Lippen waren sehr rot, und die Augen schienen ihm schwarz zu sein.

Sie war groß und schlank, und alles an ihr atmete Gesundheit und Lebensfreude.

Er hatte bei ihrem Aufstehen den Hut abgenommen und gegrüßt, blieb aber unten stehen, sodass er die drei Stufen zu ihr aufblicken musste, während sie sich leicht auf die Krücke ihres Sonnenschirmes stützte und ihn erwartungsvoll ansah, bis er endlich mit einem etwas verlegenen Lächeln sagte:

»Wenn ich nicht sehr irre, Fräulein Mignon ...«

Sie verbeugte sich leicht, sehr kühl, sehr vornehm, eben nur den Kopf neigend, und sah ihn ruhig dabei an.

Er stand noch immer und hielt den Hut in der Hand.

»Der Herr Professor ist nicht hier?«

»Nein, mein Vormund ist nicht hier.«

Es zuckte leise um ihre Mundwinkel, allein sie beherrschte sich sofort wieder und machte das ernsthafteste Gesicht; ganz Dame.

Weshalb er nur da unten stehen blieb und sie so anstarrte. Sie wiegte sich ganz leise in den Hüften.

»Wollen Sie nicht Ihren Hut aufsetzen?«, sagte sie endlich sehr langsam. »Die Sonne brennt etwas.«

Was für eine weiche, wohlklingende Stimme sie hatte, die sich in das Ohr einschmeichelte. Er lauschte noch immer auf den Nachhall, ehe er erwiderte:

»Jawohl, es ist sehr drückend.«

Eben hatte er noch gefunden, dass es ziemlich kühl war, für ein leichtes Sommerkleid, wie sie es trug, gewiss zu kühl.

Er setzte den Hut auf, und dabei fielen ihm die drei Dijonröschen ein, die er in der Hand hatte. Er sah auf die Blumen nieder und auch sie folgte seinem Blicke.

»Wollen Sie sich mir nicht bitte vorstellen …?«, sagte sie dann nach einer Weile, sehr leise und bescheiden, mit einem Neigen des Kopfes, als müsse sie ihm diskret zu Hilfe kommen.

Jetzt fing er an zu lachen.

»Ach ja – ganz recht! Ich bitte um Verzeihung: Willy Braun!«

Sie lachte mit ihm und streckte ihm rasch die Hand entgegen, während er endlich die Stufen heraufkam und ihre Hand ergriff, eine zierliche Hand, die aber die seine fest umschloss, kameradschaftlich fest, dass er einen ganz energischen Ruck verspürte.

»Ich wusste gleich, dass Sie Will seien, aber weil Sie so dastanden …«

Sie lachte übermütig, und indem sie mit der linken Hand ihr Haar zurückwarf, setzte sie sich wieder und wies ihm den andern Stuhl zu.

»Weshalb blieben Sie denn nur da unten stehen? Fürchteten Sie sich vor mir?«

»O durchaus nicht«, versicherte er lebhaft.

»Es sah aber beinah so aus. Sie wollten zu Père … ah so, ich sage so, schon immer; denn Vormund, das geht doch nicht – und Onkel klingt auch so dumm. Vater oder Papa geht erst recht nicht … Père! Gefällt Ihnen das?«

»Ungeheuer!«

»Das verstehe ich nicht.«

»Ach so«, sagte er. »Ich meine, es gefällt mir sehr gut. Ungeheuer – das ist ein Studentenausdruck.«

Sie lachte.

»Ich habe immer gedacht, das sei ein großes Untier im Märchen, mit dem man kleinen Kindern bange macht. Haben Sie noch mehr solch drollige Ausdrücke?«

»Wenn Sie wollen, einen ganzen alten Hut voll.«

Sie lachten beide, und der Bann der Verlegenheit war gebrochen.

»Wissen Sie, wie Sie dagestanden haben?«, fragte sie und sah ihn schelmisch an.

»Nun wie denn?«

»Sehen Sie … so!«

Sie ergriff ihren Hut, sprang die drei Stufen hinunter, stellte sich dort, den Hut in der Hand haltend hin, und sah zu ihm auf, indem sie die Augen verdrehte, bis dass sie genug gelacht hatten.

»Ich habe Sie gleich erkannt, im ersten Augenblicke«, sagte Mignon. »Père hat mir so viel von Ihnen erzählt. Ich kenne alle Bilder von Ihnen … eins, da sind Sie erst ein Jahr alt, im kurzen Kinderkleidchen, mit solchen Pausbacken. Ich finde, das ist ganz reizend.«

»So?«, fragte er.

Sie errötete leicht und fuhr fort:

»Eigentlich weiß ich alles über Sie, und Père hat mich ordentlich neugierig gemacht. Heute früh sind wir schon drüben bei Ihnen gewesen. Ich habe Ihre schöne Mama schon sehr lieb. Ich weiß ja gar nicht, was es heißt, eine Mutter haben, aber ich denke mir, dass es sehr schön sein muss … Sie haben Ihre Mama sehr lieb …«

Er nickte nur – und dann fielen ihm die Rosen ein.

»Sehen Sie, Mama hat auch gleich an Sie gedacht. Als ich fortging, gab sie mir diese Rosen: Ich sollte sie dem geben, der mir der würdigste scheine. – Darf ich sie Ihnen geben?«

Sie schlug ihre großen, geheimnisvoll dunklen Augen zu ihm auf und nahm die Blumen ohne Ziererei.

»Aber ich will sie Ihnen nicht alle nehmen. Warten Sie … so!«

Sie nahm die schönste und gab sie ihm zurück.

»Die müssen Sie selbst behalten.«

Er versuchte die Rose im Knopfloch zu befestigen, allein es ging nicht gut.

»Wollen Sie eine Stecknadel?«

Sie war im Begriff, ihm eine Nadel zu geben, als sie sich plötzlich besann und sie mit rascher Bewegung hinter sich warf.

»Nein«, sagte sie zur Erklärung, als er sie erstaunt ansah, »ich gebe Ihnen lieber keine. Ich glaube nicht daran, aber man sagt, es zersteche die Freundschaft. Und wir wollen gute Freunde werden, nicht wahr?«

Sie reichten sich fast gleichzeitig die Hände, und indem er so vor ihr stand und ihr treuherzig in die Augen blickte, sagte er:

»Ja, das wollen wir: gute Freunde werden!« –

»Na, Kinder?«, ließ sich eine frische, kräftige Stimme hören. »Ihr scheint ja schon gute Bekanntschaft gemacht zu haben. Das ist recht … Da brauche ich nicht erst viel dreinzureden.«

Der Professor stand vor ihnen und reichte ihnen die Hände hin, während sich Mignon an ihn schmiegte, und er ihr einen Kuss auf die Stirn hauchte.

»Ja«, sagte Mignon. »Herr Braun hat mir gleich als erstes Freund-
schaftszeichen diese Rosen mitgebracht.«

»Das ist recht. Aber hört mal Kinder, eines gefällt mir nicht. Ich
bitte mir aus: nichts von Herr und Fräulein. Ich nenne euch beide
›du‹, und da will ich von Förmlichkeiten nichts wissen. Also ›Willy!‹
und ›Mignon!‹ und nicht ›Mein Herr!‹ und ›Gnädiges Fräulein!‹ –
Einverstanden?«

Sie nickten und gaben sich die Hand.

»Seht ihr, so ist's recht. Ich hoffe, ihr werdet recht gute Kameraden.
– Und nun kommt zum Frühstück, sonst wird unsere gute Minna
ärgerlich, die sich gar nicht hineinfinden kann, dass wir gleich am
ersten Tage zu Tisch nicht daheim sind. Aber das wird sich schon
geben. Also kommt!«

Mignon nahm ihr Buch, und sie gingen ins Haus, wo in dem
Jagdzimmer das Frühstück bereit stand; ein eichengetäfeltes Gemach,
in dem sich die wenigen Jagdtrophäen befanden, die Petri gelegentlich
erbeutet hatte. Ein paar Hirschgeweihe, darunter ein Zwölfender, das
Gehörn einer Gemse, und ein großer ausgestopfter Steinadler, zwischen
zwei Reihern in Glaskästen. An den Wänden alte wertvolle Waffen,
und in ein paar Schränken eine kleine auserlesene Bibliothek.

»Ich habe großen Hunger, Père. Ihr werdet nicht viel behalten.«

Einer alten Gewohnheit gemäß saß Fräulein Minna mit am Tische,
allein alle Augenblicke stand sie auf, um etwas zu besorgen und herbei
zu holen, oder den anderen vorzulegen, die gemütlich miteinander
plauderten.

Der Professor lehnte sich in den schweren Eichenstuhl zurück und
blickte von einem zum anderen.

Wie gut sie zusammen passten und wie schnell sie miteinander
Freund geworden waren. Ein Gefühl unendlicher Zufriedenheit überkam ihn.

»Ich glaube, Mignon«, sagte er endlich, »du bist fast eine kleine
Französin geworden. Hoffentlich verliert sich das in der deutschen
Luft recht bald.«

Sie verteidigte sich eifrig, was für eine gutdeutsche Patriotin sie sei.

»Dann wollen wir dich von jetzt ab Mariechen nennen.«

»Ach Père, lieber möchte ich ja sterben.«

»Nun – nun, nur nicht gleich allzu tragisch. Es bleibt schon bei Mignon. Aber nun könntet ihr noch ein wenig in den Garten gehen. Ich habe ein paar Briefe zu schreiben.«

Petri sah ihnen nach, wie sie unter den herbstlich gefärbten Zweigen der Bäume langsam, wie alte Freunde, hinschritten.

Er drehte sich um, denn die alte Minna seufzte, und wandte sich vom Fenster ab. Er sah sie erstaunt an, aber sie zuckte nur mit den Schultern, als wolle sie alle Schuld von sich abwälzen, und verließ das Zimmer.

Er war versucht, ihr etwas zu sagen; allein er unterließ es doch lieber, und setzte sich an den Schreibtisch. –

Dann speisten sie in der Villa Braun zu Mittag, aber eine rechte Stimmung wollte nicht aufkommen, nur die beiden jungen Leute fühlten es nicht, da sie beständig miteinander plauderten. Doktor Braun war nicht recht aufgelegt, und Frau Anna verhielt sich ungewöhnlich schweigsam. Kaum dass sie sich durch einen Einwurf am Gespräch beteiligte. Nur zuweilen kreuzten sich ihre Blicke mit denen Petris.

Am Nachmittage unternahmen sie eine gemeinschaftliche Spazierfahrt, allein jeder schien mit seinen Gedanken beschäftigt zu sein. –

Gleich nach dem Abendessen trennte man sich, da Mignon anfing zu ermüden.

Willy blieb noch bei der Mutter. Allein sie legte sich auf die Chaiselongue und er ging im Zimmer auf und ab, setzte sich dann in einen Sessel und zupfte an der seidenen Quaste, aber sie sprachen kein Wort miteinander. Es war, als trauten sie sich nicht, über Mignon zu plaudern.

Und dieses befremdliche Schweigen lag drückend auf ihnen beiden, aber keiner wagte es zu brechen.

Endlich wurde es Willy zu unheimlich in dem stillen Salon und er nahm Abschied.

Ehe er heimging, sah er noch einmal nach dem andern Hause hinüber, wo ein paar Fenster erhellt waren.

Über dem Dache standen frostklar die zitternden Sterne, und eine kleine zarte Wolke, wie eine lustige Flaumfeder schob sich langsam an der Lichtscheibe des ruhigen Vollmondes vorbei.

9.

Eines Tages überraschte Willy seine Mutter mit der Mitteilung, dass er sich entschlossen habe, bis zum Anfang des Semesters, im November, ganz nach Charlottenburg herauszuziehen.

Sie hörte ihn schweigend an, und sagte anfangs kein Wort zu seiner Begründung. Sie wusste, dass ihn nichts anderes hertrieb, als das Bestreben, Mignon nahe zu sein.

Er hatte die paar Wochen hindurch jeden Tag draußen zugebracht und behauptete jetzt, er käme besser zum Arbeiten.

Er hatte es nicht bemerkt, wie sie ihn voller Angst angesehen hatte. Er wollte es sich auch nicht eingestehen, dass ihn alles zu Mignon hinzog und er sich der Mutter mehr und mehr entfremdete.

Auch jetzt noch brachte er ihr gewohnheitsmäßig seine Blumen mit, aber für Mignon hatte er immer schönere ausgewählt, und ein paarmal vergaß er die für die Mutter völlig.

Als er ihre Einwilligung erhalten hatte, war er fortgeeilt, um Mignon aufzusuchen.

Er fand sie im Atelier auf dem Diwan, ganz versunken in die Betrachtung eines Abgusses der Meduse, den sie mit einem fast unheimlichen Interesse studierte.

Ein Sperling musste durch die offene Tür gekommen sein. Er flatterte mit ängstlichen Flügelschlägen unter dem Glasdache hin und stieß heftig gegen die Scheiben, bis er sich endlich ermattet fallen ließ.

Sie sah sich nach dem verblusterten Vogel um und wollte ihn zur Tür hinaustreiben, als sie Willy bemerkte.

Sie erschrak etwas, streckte ihm aber dann lachend die Hand hin.

»Ach Sie sind's nur. Guten Tag, Will.«

»Ich habe Ihnen eine Neuigkeit mitzuteilen.«

»Sie machen mich ganz neugierig.«

»Von heute ab bin ich Ihr Nachbar. Ich mache Ferien und ziehe nach hier heraus.«

»Wirklich? – Ach das ist prächtig. Das ist wirklich ein gescheiter Einfall, für den ich Ihnen sehr danke. Dafür sollen Sie nun auch mein Geheimnis erfahren. Wissen Sie was ich tue?«

»Nun?«

»Ich lerne Bildhauer, wie ihr hier so schön sagt. – Passen Sie mal auf!«

Sie eilte zu einem Bossierschemel und nahm vorsichtig die feuchten Tücher von einer angefangenen Arbeit ab.

»Kann man schon sehen, was es wird?«

»Ich glaube eine Kuh.«

»Wirklich? – Man sieht es schon? Ach das ist famos. Père sagte, das sei Unsinn, das könnte ich nie. Und dann sollte ich nach einem Modell arbeiten. Dazu hatte ich gar keine Lust. Haben Sie mein Skizzenbuch schon gesehen? – Nein? – Muss ich Ihnen zeigen. Lauter Kühe, das sind meine Lieblingstiere. Sehen Sie mal, die wird fast ein Meter lang. Ich gehe immer zu Schiffer Peters und studiere an seiner Kuh. Schade, dass ich sie hier nicht herbringen kann. Aber Père sagt, sein Atelier sei kein Kuhstall. Er interessiert sich für Tierstücke so gar nicht. – Wenn Sie wollen, können Sie mich jetzt begleiten. Also, man sieht schon, dass es eine Kuh wird?«

»Ja, wenigstens an den Hörnern.«

»Ach was, spotten Sie nur. Und wenn es die Leute auch für einen Esel halten. Mir macht es einen Spaß. Und dann ist es so nett, mit Père zusammenzuarbeiten. Es interessiert mich ungeheuer. Wir reden immer furchtbar gelehrt, vom Unterschied und der Bedeutung der Skulptur und Malerei, und dann über alles, was ich gelesen habe. Anfangs wollte Père nicht, dass ich ohne seine Erlaubnis ein Buch nahm. Jetzt kann ich lesen, was ich will. Er meint, mir schade es nicht, ich sei viel zu vernünftig. Ach, und ich möchte einmal so recht, recht unvernünftig sein. Doch jetzt kommen Sie rasch zu Peters ... rasch ... rasch ...«

Damit eilte sie davon, und warf mit den Füßen das Laub auf, das jetzt voll in allen Wegen lag, sodass einzelne Bäume schon ganz kahl waren. –

Mignon hatte mit ihrem scharfen durchdringenden Verstande sofort erkannt, dass Willy ihrethalben herauszog.

Und dieses Bewusstsein erfüllte sie derart mit Freuden, dass sie wie toll darauf los plauderte, denn sie hatte Will ebenso lieb gewonnen, wie er sie.

Aber sie ließ nie ein Wort fallen, keine Bewegung, die sie verraten konnte, während sie andererseits Willy völlig durchschaute.

Instinktmäßig fühlte sie, dass er zwischen ihr und der Mutter schwankte, dass diese Liebe ihn beunruhigte, und er sich den Vorwurf machte, dass seine Gedanken fast ausschließlich Mignon galten.

Er ging jetzt stillschweigend neben ihr her. Aber dieses Schweigen brachte sie einander näher als die beredtesten Worte. Es war wie ein geheimnisvoller Austausch ihres Gefühlslebens, und es wagte keiner die Stille zu unterbrechen.

Dann besann sie sich wieder auf sich selbst und ganz plötzlich, um ihn zu erschrecken, fragte sie:

»An was denken Sie eben?«

»Ich ... ich dachte an Sie, Mignon.«

»An mich? ... Da könnten Sie auch was Gescheiteres tun. Nein, sind Sie heute komisch!«

Sie sagte es im lustigsten Tone, aber sie konnte doch nicht hindern, dass sie bei seinen Worten errötete und ihr Herz einen Augenblick schneller schlug.

Dann hatte sie sich wieder bezwungen und lief am Kanale entlang, dass er ihr kaum folgen konnte, bis sie zu Schiffer Peters kamen, in ein kleines, verfallenes Häuschen. Die Frau war allein daheim, mit den drei kleinen Kindern, die Mignon, trotz ihrer Schmutznäschen, der Reihe nach abküsste.

Sie trieb sich noch eine ganze Weile in der niederen, raucherfüllten Küche herum, dann wurde die Kuh bewundert, und langsamer schlenderten sie jetzt heim. –

Wie ein unausgesprochenes Geheimnis lag es zwischen ihnen, ein Geheimnis, das ihnen beständig auf die Lippen trat, das sie sich an den Augen ablasen und dem sie doch keine Worte zu verleihen wagten.

Wenn es je zu kommen drohte, machte Mignon der Gefahr stets ein Ende.

Eine geheime Furcht quälte sie schon seit Langem, aber erst in der letzten Zeit war die Frage immer deutlicher in ihr aufgetaucht.

Sie wusste von ihren Eltern so gut wie gar nichts.

Und sie hatte wohl gemerkt, dass ihr Vormund ihren Fragen auszuweichen suchte.

Sie hatte mit einer Pensionsfreundin einmal darüber gesprochen, als sie der Gedanke zum Weinen gebracht hatte, dass sie allein in der Welt stand; und jene, von Natur romantisch veranlagt, hatte hinter dem halben Dunkel ein interessantes Geheimnis gewittert, das ihre Fantasie mit den graulichsten Farben ausschmückte.

Eines Tages, ganz unerwartet, als sie beide, die in einem Zimmer schliefen, sich eben hingelegt und das Licht gelöscht hatten, sagte sie:

»Du, Mignon … weißt du was ich glaube …?«

»Nun, was denn?«

»Der Professor ist gar nicht dein Vormund! … Es ist dein Vater.«

Seitdem hatte dieser Gedanke sie nicht mehr verlassen, aber sie hatte ihn im innersten Herzen geheim gehalten.

Einmal musste der Tag kommen, an dem sie alles erfuhr. Petri hatte sie auf eine direkte Frage vertröstet für später: Sie sollte erst älter sein, ehe sie alles erfuhr.

Jetzt wartete sie seit Tagen auf den geeigneten Augenblick, um sich von ihren Zweifeln zu befreien, und endlich kam ein Abend, an dem sie den Mut fand. –

Der Oktober ging seinem Ende zu und mit ihm der anfangs so sommerlich scheinende Herbst. Tagelang war der Himmel von trüben Wolken ganz bedeckt, dass die Sonne nicht durchbrechen konnte.

Nebelhafte Dämmerung herrschte und oft regnete es Stunden ununterbrochen.

Gegen Abend sauste der kalte Herbstwind durch die immer nackter werdenden Bäume und warf heulend und brausend seine Regenmassen an die Scheiben, dass es gegen die Fenster klatschte und mit dumpfen Tönen in den Dachrinnen polterte.

Hie und da klapperte ein Fensterladen, und als Grundmotiv das Sausen und Rauschen der sich biegenden Äste, die vor der Gewalt des Sturmes ächzten und knirschten.

Reinhold Petri und Mignon waren allein in dem dunkelgetäfelten Gemache. Der Professor rauchte wie gewöhnlich abends nach Tisch seine große Pfeife.

Fräulein Minna hatte Schmerzen in allen Gliedern und hatte sich deshalb frühzeitig schlafen gelegt.

Mignon saß am Fenster und blickte in den Sturm hinaus. Sie sah nur die in der Nähe stehenden Bäume sich gespenstisch hin- und herbewegen. Sonst war alles in tiefschwarze Nacht getaucht.

Petri hatte ein Buch vor sich. Er las eifrig, weil er behauptete, die Beschäftigung mit anderen Zweigen der Kunst sei am fruchtbringendsten für die eigene Fantasie.

Zuweilen stieß er dichte Rauchwolken aus seiner Pfeife, die das Gemach bald mit bläulichen und grauen Streifen erfüllten, und sich langsam unter die verhängte Kuppel der Lampe zogen, wo sie in heftig zitternde Bewegung gerieten, unter die Glocke tauchten und am Zylinder entlang streifend zur Decke strebten.

Hier an dem schweren viereckigen Tische mit der farbig gemusterten Decke und den herumstehenden hohen, eichengeschnitzten Lehnstühlen war ihr Lieblingsplatz am Abend.

Das Zimmer lag nach hinten, dem Garten zu, und von außen drang kein Laut in die tiefe Einsamkeit. Nur der Sturm brauste und heulte ohne Unterlass. Das brachte die Stille im Hause nur noch mehr zur Empfindung.

Zuweilen warf der Professor über sein Buch weg einen Blick zu Mignon hinüber, allein sie regte sich nicht, und er las weiter, bis er einmal aufsah und nun ihrem Blicke begegnete.

Sie stand auf und ging auf ihn zu.

»Bist du nicht müde, Mignon?«

Sie lächelte und schüttelte den Kopf. Dann ließ sie sich ihm zu Füßen nieder, legte die Arme auf seine Knie und sah zu ihm auf, – und erst nach langer, langer Pause fragte sie:

»Père, darf ich dich einmal um etwas fragen, um etwas, auf das ich keine Antwort finden kann?«

»Was denn, Mignon?«

»Sieh Père, ich bin doch ein vernünftiges Mädchen ...«

»Ja, das bist du, du gutes Kind.«

Seine Hand fuhr liebkosend über ihr dunkles Haar, das er ihr ein wenig aus der Stirn strich.

»Nicht wahr Père, ich bin alt und verständig genug. Und es quält mich so, ich kann es dir gar nicht sagen: Wer ist mein Vater und wer meine Mutter?«

Er schwieg und sah über sie fort, und sie fühlte, dass er mit einem Entschlusse rang.

»Nur einmal hast du mir gesagt, dass mein Vater ein Maler war, den du in Paris kennengelernt hast, ein guter Freund von dir – aber von meiner Mutter weiß ich nur, dass sie gestorben ist, kurz nachdem ich geboren bin. Und dann habe ich das kleine Bild, das du mir einmal gegeben hast. – Hast du meine Mama gekannt? … Ja, Père? … Erzähle mir von ihr, bitte!«

Er hatte ihre Hand losgelassen und blickte sie nicht an.

Der Sturm warf einen prasselnden Regenguss an die Fensterscheiben und dann pfiff er wimmernd um das Haus mit langgezogenen ächzenden Tönen.

»Du hast Mama gekannt?«

»Ja, Kind, ich habe sie gekannt.«

»Und Papa? … Père … sieh mich einmal an … so sieh mich doch an …«

Sie schmeichelte es ganz leise, und sich halb aufrichtend umschlang sie mit beiden Armen seinen Nacken, und leise flüsterte sie, fragend leise:

»Papa …!«

Und dann lag sie an seiner Brust, denn nun wusste sie es … und er presste sie an sich mit überströmender Zärtlichkeit und sagte mit einer Stimme, die ihr durch und durch ging, so lieb und innig:

»Mein Kind! … Mein Kind!«

Sie fühlte es heiß auf der Stirne, und als sie aufblickte, sah sie die Tränen, die sie ihm von den Augen küsste, während sie an seiner Brust lag und schluchzte:

»Vater! … Mein lieber, lieber Vater!«

Und nun konnte sie es nicht länger halten, eine jauchzende Freude:

»Ich habe es ja gewusst, ich habe es gehofft in all der Zeit. Aber ich wagte nicht zu fragen. Denn wenn ich mich irrte, wenn es doch nicht so war … Es wäre ja zu traurig gewesen. Aber jetzt weiß ich es, jetzt habe ich dich – und ich lasse dich nicht mehr, du mein lieber, guter Papa.«

»Siehst du, Kind«, sagte er und fuhr sich über die Augen, »du weißt ja nicht, was ich zu dulden gehabt habe. Wie oft habe ich dir alles sagen wollen, und musste dann wieder zaudern und zaudern. Du solltest erst älter werden, damit du mir leichter verzeihen konntest, wenn du zu begreifen imstande warst. Aber dass ich dich nun so neben mir hatte, und es dir nicht sagen, es der Welt nicht gestehen durfte, dass du mein Kind seiest, – das hat mir bitter am Herzen gefressen,

– du solltest über deine Mutter nicht schlecht denken, denn du hättest ja erfahren müssen, dass sie nicht mein Weib war. Ich galt als dein Vormund, und es war zu spät, diese Lüge wiedergutzumachen. Nicht wahr, du hast mich deshalb nicht weniger lieb? – Habe ich nicht alles für dich getan, – oder hast du jemals deinen Vater vermisst?«

»Nein, Väterchen, niemals!«

»Wie das damals alles so mit deiner Mutter kam, Kind … es ging eben nicht anders. Siehst du, ich war eben ein wenig bekannt geworden, ein junger unsicherer Ruhm, und ich setzte alles aufs Spiel. Wäre Hedwig am Leben geblieben, sie wäre gewiss und wahrhaftig mein Weib geworden. Aber damals konnte ich nicht, – ich konnte nicht. Du weißt ja nicht, wie es wirklich in der Welt zugeht … Hedwig war ein einfaches Mädchen, das nicht daran gedacht hatte, ich könne sie einmal heiraten. Ja, als ich davon einmal sprach, wehrte sie fast schroff ab. Und im Stillen hoffte ich auf später, und als das Später dann kam, da stand ich mit dir allein in der Welt.

Er schüttelte plötzlich wie voller Unmut den Kopf, und indem er Mignon fester an sich zog, fuhr er fort:

»Nein, ich will dir jetzt nichts mehr verschleiern. Du bist mein braves, starkes Mädchen, und du sollst alles wissen, auch wenn du mich dann vielleicht nicht mehr so lieb haben kannst als jetzt. – Ich hatte vorher eine andere geliebt, eine schöne stolze Frau. In den Gesellschaftskreisen, denen sie angehörte, war sie tonangebend.

Ich hatte ihr, wie so viele gehuldigt, und dann hatte sie mir zu einer Büste gesessen. Ich weiß, dass ich niemals etwas besseres geschaffen habe, ich wusste es damals schon, und auch sie wusste es. Sie hat alles getan, um mir zu meinem ersten, entscheidenden Ruhme zu verhelfen. Ich danke ihr viel, unendlich viel, vielleicht alles. Die Aufnahme des Werkes drohte an einer Intrige zu scheitern. Sie setzte alles in Bewegung – und wir siegten: Ich wurde aufgenommen. – Diese Frau nun, die ich einst sehr geliebt hatte, sie glaubte sich noch immer von mir geliebt, und ich … ich wagte es nicht, ihr zu sagen, dass ich alles für sie empfand. Dankbarkeit, eine unbegrenzte Verehrung, nur keine Liebe … dass ich eine andere liebte, auf die sie verächtlich herabgesehen hätte, weil sie ihre bescheidene Größe niemals verstehen konnte, weil diese beiden Frauen nichts – aber auch gar nichts miteinander gemein hatten. Ich fühlte schon bei dem bloßen Gedanken den Hohn, mit dem sie mich behandeln würde, den Hohn, mit dem sie über deine Mutter urteilen würde. Ich wusste, wie leidenschaftlich sie war, dass sie alles in Bewegung setzen würde, um mir meine Stellung wieder streitig zu machen, um mich zu stürzen. Sie wäre die erste gewesen, die vor aller Welt deiner Mutter als meinem Weibe die Tür ihres Hauses verschlossen hätte, so wenig Recht gerade sie dazu hatte. Ich sah im Voraus, wie ihr Stolz, ihre gekränkte Eitelkeit sich rächen mussten, und – schwieg. Ich schwieg, weil ich den Mut nicht hatte, ihr die Wahrheit zu sagen … So ganz stand ich in ihrer Macht, dass ich sie in dem Glauben ließ, als sei alles noch wie früher. Es wäre für mich ein endloser Verzweiflungskampf geworden, in dem der Künstler vielleicht untergegangen wäre, und ich konnte meine Kunst nicht zum Opfer bringen. Ich war so feige, dass ich zu allem bereit war. – Wenn deine Mutter nur ein einziges Wort gesagt hätte, Kind, ein einziges Wort, ich hätte ja den Mut gefunden. Sie wusste alles, alles, – aber sie schwieg, sie forderte nichts, sie gab nur immer, mit offenen Händen schenkte sie alle ihre Liebe, und sie verlangte nichts für sich. Sie ahnte, was ich in diesem Zwiespalt zu leiden hatte, und sie sagte kein Wort. Und ich … ich hoffte auf die kommende Zeit, ich betrog mich selbst – bis ich endlich entschlossen war. Ich ertrug es nicht länger. Es sollte alles klar werden! – Da kamst du zur Welt, und es war zu spät. Am andern Tage starb deine Mutter.«

»Papa!«

Sie zitterte wie voller Angst und fuhr ihm schmeichelnd um Wangen und Bart. Am liebsten hätte sie ihn angefleht zu schweigen, ihr das alles nicht zu erzählen, und doch wollte sie alles wissen.

»Ja, Kind, es war zu spät! … Und dann blieb alles, wie es war. Sie hatte wohl von Hedwig etwas erfahren, aber das beunruhigte sie nicht weiter. Von deinem Dasein wusste sie nichts. Erst viel später, nach Jahren, in denen ich dich wie versteckt vor ihr gehalten habe, hat sie es endlich erfahren. – Wie recht hatte ich gehabt. Sie war wie wahnsinnig, sie tobte und wütete, aber sie hatte keine Macht mehr über mich, weder über den Künstler noch den Menschen. Und so musste sie sich denn beruhigen, und sie hat es getan …«

Mignon regte sich nicht. Mit zitternden Händen hatte sie sich an ihn geklammert, und er sprach über sie hinweg, als sei sie nicht bei ihm, er sprach nicht zu seinem Kinde, er sagte sich das alles selbst.

»Ich habe sie geliebt, ehe ich Hedwig fand. Aber die Frau war nicht mehr frei – und es war nicht gut.«

Mignon schauerte leise zusammen, dann fragte sie, und ihre Blicke hingen an seinen Lippen:

»Lebt sie noch diese Frau?«

»Ja sie lebt noch.«

»Frau Anna Braun!«

Sie hatte es vor sich hingesagt, weil sie musste. Und jetzt fühlte sie, wie sich seine Finger um die ihren krampften.

»Wer sagt das?«

»Ist sie es nicht?«, fragte sie scheu.

Er schwieg eine ganze Weile, dass man den Sturm hörte. Dann war es einen Augenblick still, so still, dass man das einförmige Ticken der großen Wanduhr hörte.

Dann sagte er ganz ruhig:

»Ja sie ist es. Anna Braun.«

»Als du eben von der Frau sprachst, sah ich sie vor mir, wie sie mich am ersten Tage empfangen hat. Wärst du nicht dabei gewesen, so hätte ich ihr nicht die Hand gegeben, so eisig kalt und abweisend hat sie mich angesehen. Ich glaube, an dem Tage hat sie mich gehasst. Jetzt ist sie gut zu mir, und ich habe sie sehr lieb. Ich kann es mir denken, wie man sie lieb haben muss. Ich sehe ja, wie Will sie lieb hat … Sie muss einmal sehr schön gewesen sein.«

»Ja, sie war sehr schön, dass man um sie schon eine Feigheit begehen konnte. Aber wie schön sie auch immer war, ich habe Hedwig geliebt, anders, ganz anders, aber doch vielleicht mehr als die andere. Du weißt ja nicht, Kind, welch ein doppelzüngiges Wesen das Menschenherz ist, und wie man lügen kann um der Wahrheit willen; und wie man sich selbst belügt und betrügt, und niemals den Mut findet, sich und andern diese Täuschung einzugestehen. So ist es gewesen, Kind, und wird es bleiben, solange Menschen leben. Denn die Menschen halten sich immer für besser als sie sind, und wenn sie nachher eingesehen haben, aus was für einem Stoffe sie gemacht sind, dann erfinden sie kluge Entschuldigungen für alles. Mögest du nie erfahren, wie viel Lüge in dem Worte Liebe verborgen ist. – Du hast heute Dinge erfahren, Kind, die sonst kein Mensch weiß, Dinge, die zu viel sind für dein liebes, gutes Herz. Vergiss sie wieder, vergiss das alles;

denn es sind Geheimnisse, die den Tod in sich tragen, wenn sie unter die Menschen kommen. Auch zwischen uns beiden, niemals mehr ein Wort darüber. Ich bitte dich darum … Es ist vorbei und soll vorbei sein.«

»Ja, Vater, aber nun erzähle mir auch von der Mutter.«

Sie setzte sich ihm halb zu Füßen, und den Kopf an ihn lehnend, lauschte sie seinen Worten.

Er erzählte ihr, wie Hedwig in das Haus gekommen war. Sie war eine Nichte Minnas gewesen, bei der sie die Wirtschaft lernen sollte, ein bescheidenes, stilles Mädchen, das er anfangs ganz übersehen hatte. Dann entdeckte er eines Tages, wie hübsch sie war und zugleich, wie gern sie ihn hatte. Von da an schenkte er ihr mehr Aufmerksamkeit, denn ihre Liebe rührte ihn, und so lernte er sie lieben, bis die andere darüber vergessen war.

Frau Anna war auf ein paar Monate fortgewesen, und als sie wiederkam, gehörte er Hedwig.

Während er stockend erzählte, in abgerissenen Sätzen, weil immer neue Erinnerungen auftauchten, all die einzelnen Bilder jener Zeit sich ungeordnet vor seine Seele drängten; während er es versuchte, ihr begreiflich zu machen, wie das alles gekommen war, saß sie ihm zu Füßen, und Tränen stiegen in ihr auf, aber sie waren nur ein Gefühl des Glückes, den Vater gefunden zu haben.

Sie grübelte nicht nach, sie urteilte nicht, denn sie reichte mit ihrem Kinderherzen nicht an diese Dinge heran, und als er zu Ende war, warf sie sich an seine Brust und sie hielten sich lange wortlos umschlungen.

Dann plauderten sie von der Zukunft, denn jetzt sollte alles gut werden, nun, da kein Geheimnis mehr zwischen ihnen stand. –

Es war Mitternacht vorüber, als sie sich endlich trennten.

Petri blieb noch lange wach, unruhig im Zimmer auf und ab gehend. Jener Satz, den er vorhin wie achtlos hingeworfen hatte, von der Doppelzüngigkeit des menschlichen Herzens fiel ihm schwer auf sein Denken.

Er hatte die beiden Frauen gleichzeitig geliebt. An die eine ketteten ihn hunderte von Erinnerungen, die unlösbar schienen. Die Neigung hatte zu tiefe Wurzeln geschlagen.

Und die andere Liebe hatte jenen bestrickenden Reiz der Neuheit, der nur zu oft den Anlass zu einer neuen Neigung bildet.

Er liebte Hedwig, aber er sah auf sie herab; sie konnte sein Leben nicht ausfüllen. Er war sich zu gut bewusst, dass sie in ihrem innersten Wesen nicht zueinander passten. Er dachte viel zu modern, er war vor allem Künstler und liebte seine Freiheit und seine Kunst.

Und jene andere war das Weib seines Freundes gewesen, und sie hatten sich beide mit einer spitzfindigen Moral darüber hinweggetäuscht, dass es eigentlich ein Verbrechen war, was sie begingen.

Sein Künstlerstolz hatte ihm damals darüber hinweggeholfen, in dem Wahne, dass er sich seine eigenen Gesetze schaffe, und denen der Menschen nicht unterworfen sei.

Jetzt wusste er, wie jämmerlich es mit dieser Größe bestellt war.

Er verglich die beiden Frauen miteinander, und dann dachte er an Mignon, und um deretwillen erschien ihm seine Liebe zu Hedwig in viel reinerem Lichte.

Es kam über ihn wie eine Art Entsühnung. Die Liebe, die er jetzt für Mignon hegte, übertrug er auf die Vergangenheit, dass ihm alles in freundlicherem Lichte erschien, als es vielleicht gewesen war; und er fand vor sich selbst die Entschuldigung, nach der er so oft in einsamen Stunden vergebens gesucht hatte. –

Und während er drunten in sorgenden Gedanken auf und ab wanderte, saß Mignon droben in ihrem Stübchen, die heiße Stirn an die kalten Scheiben gepresst, und sah nach der Villa hinüber, wo Frau Anna Braun wohnte, und dachte dabei an ihre Mutter, von der sie sich noch immer keine Vorstellung machen konnte.

Der Wind jagte durch die Nacht und zauste Büsche und Bäume. Zuweilen berührte ein Zweig der vor dem Fenster stehenden Kastanien eine Scheibe, dass die Träumerin erschreckt auffuhr.

Wie ein weinendes Kind heulte der Sturm um das Haus, mit seinen langgezogenen Klagetönen, die dann plötzlich so schneidend scharf wurden, wie ein fernes schrilles Pfeifen.

Mignon fürchtete sich nicht vor diesen seltsamen Tönen. Das Glückseligkeitsgefühl den Vater gefunden zu haben, endlich aus allen Zweifeln befreit zu sein, rang alles Weh nieder, das sie heute in ihrem armen kleinen Herzen hatte erdulden müssen, und die Vergangenheit versank vor den lockenden Traumbildern einer hoffnungsreichen Zukunft.

10.

Der Sturm tobte sich aus, die schweren Wolken krochen träge am Himmel hin, und aus dem durchweichten Erdboden quoll neblige Feuchtigkeit.

Mignon hatte sich in ihre neue Lage rasch hineingefunden. Sie hielt, was sie dem Vater versprochen hatte, kein Mensch ahnte etwas, am wenigsten konnte Frau Anna vermuten, dass Mignon Mitwisserin ihrer Liebe geworden war.

Nur achtete das junge Mädchen jetzt scharf auf, und sie begriff nicht, wie sie bis jetzt so blind hatte sein können. Sie fühlte jetzt die Beziehungen heraus bei jedem Worte, das Frau Anna mit ihrem Vater wechselte; jede Bewegung verriet es deutlich.

Und das schmerzte sie. Denn sie sah, wie die beiden noch immer zueinander standen, und sie sagte sich, dass dadurch der toten Mutter Unrecht geschah.

Und dann fing sie an eifersüchtig zu werden. Sie wollte den Vater einzig und allein für sich haben, und täglich musste sie empfinden, welch ein Anteil an Liebe ihr durch Anna Braun geschmälert wurde.

Willy ging zwischen ihnen wie mit geschlossenen Augen umher. Er ahnte nichts, er hatte kein Verständnis für die Blicke, die von einem zum andern flogen, er sah nicht gleich Mignon, dass in der Art, wie die beiden zum Beispiel sich die Hände gaben, mehr lag als eine einfache Begrüßung.

Ihn beschäftigten andere Gedanken und Empfindungen, seine Liebe zu Mignon. –

Es war keine stürmisch sinnliche Neigung, kein knabenhaftes erstes Aufflammen des Herzens.

Unmerklich verkettete er sich ihrem Wesen mit täglich neuen Fäden fester und fester; ein tiefinnerliches Gefühl durchbebte ihn. Ihm schien, als habe sich sein Gesichtskreis erweitert, als sei er ein anderer geworden.

Ein einziges Wort, eine Bewegung konnte ihnen das Blut in die Wangen treiben. Es entstanden in ihrer Unterhaltung jähe Stockungen, indem der eine ohne ersichtlichen Grund abbrach; es bemächtigte sich ihrer eine unerklärliche Unruhe zu Zeiten, wenn sie sich nur die Hände reichten.

Es war alles in Spannung, in erwartungsvollster Erregung, jeden Augenblick schien das entscheidende Wort fallen zu müssen; allein sobald sich eine leiseste Andeutung einschlich, tat der andere, als verstehe er sie nicht.

Die Morgenstunden hatten sie fast immer für sich allein gehabt. Meist benutzten sie die schönen Tage zu Spaziergängen in dem nahen Tiergarten. Ein paarmal begleitete Willy sie in die Stadt, und in dem wirren, sinnlos scheinenden Menschengewühl kamen sie sich wie verloren vor, wie vereinsamt; aber sie fühlten sich einander näher als je.

Eines Tages, kurze Zeit nachdem Mignon jene entscheidende Unterredung mit dem Vater gehabt hatte, waren sie in den Tiergarten gegangen, allein die Wege waren dermaßen ungangbar, dass sie bald umkehrten und heimgingen.

Sie betraten den Garten des Professors, wo auf den mit grobkörnigem gelben Kies bestreuten Wegen die Feuchtigkeit rasch in den Boden gezogen war.

Sie wollten zum Pavillon und mussten am Atelier vorbei. – Die Tür stand weit offen und die Portiere flatterte hin und her, dass man ganz in den hellen Innenraum hineinsehen konnte.

Plötzlich blieb Willy stehen, und im nächsten Augenblicke wusste Mignon den Grund, weshalb er so bleich geworden war, und seine Hände zitterten.

Auf dem Diwan saß Frau Anna Braun im Promenadenanzug, den Hut auf dem Kopfe, den Schirm in der Hand haltend, und neben ihr der Professor, mit dem einen Knie sich auf das Sofa stützend, über sie gebeugt, um einen Kuss auf ihre Stirn zu hauchen, während sie ruhig lächelnd zu ihm aufschaute. –

Im nächsten Augenblicke schon hatte Mignon ihn am Arme gefasst und fortgerissen.

Eine Sekunde lang schien es, als wolle er sie von sich stoßen, seine Finger griffen in die Luft, dann gab er ihr wie willenlos nach.

»Komm!«, flehte sie. »Komm!«

Er fuhr sich mit der Hand über die Stirn.

»Ich bitte dich, Willy, so komm doch!«

Er hörte nicht, dass sie ihn in ihrer flehentlichen Bitte duzte, und er folgte ihr mechanisch, wie im Traume. Das Gefühl der Wirklichkeit war ihm abhanden gekommen, und er schien völlig willenlos zu sein.

Sie zog ihn durch den Garten bis zu dem chinesischen Pavillon.

Dann sah sie ihn angstvoll, in Erwartung an, dass er ein Wort sagen sollte; aber er schwieg, denn er konnte keinen klaren Gedanken fassen.

Er ließ sich beinah auf den Stuhl fallen, legte die Arme auf den Tisch und stützte dann den Kopf auf die rechte Hand, während er die grüngestrichene Holzplatte anstarrte, von der in Blasen die Farbe abgeblättert war; und dann sah er, wie seltsam gezackt doch ein Ahornblatt aussah, von dem ein paar auf den Tisch geweht waren, diesen breiten spatenförmigen, spitzzackigen Blätter mit ihrer totenhaft, hellgelben Herbstfarbe.

Seine Mutter ... seine Mutter ... die sich von einem Manne küssen ließ.

Es war ja zum Lachen! – Und er wollte auch lachen, aber es zwängte ihm die Kehle zusammen; und dann wusste er wieder nicht, ob es nicht alles nur ein Traum war.

Er blickte um sich: Die halbkahlen Äste der Bäume, durch die das Haus blickte; ihm gegenüber Mignon in ihrem dunkelbraunen Kleide und dem schwarzen Jackett, die ihn mit großen unruhigen Augen wirr anstarrte, ganz seltsam. Und das da ... das war das Atelier.

Plötzlich sprang er auf: Er wollte wissen, ob er sich nicht getäuscht hatte.

Allein Mignon war ihm zuvorgekommen und schlang ihre Arme um ihn. Zum ersten Male lag sie fest an seiner Brust, und er wagte es nicht, sie abzuwehren.

Er blickte auf sie nieder, und das Gefühl stieg in ihm auf, wie schön sie doch war.

Er stand jetzt, ohne sich zu regen. Sie ließ ihn los und fragte dann mit zitternden Lippen:

»Wohin willst du?«

Wie seltsam erregt ihre Stimme klang, und er wartete, dass sie noch etwas sagen würde, aber sie schwieg, und er las in ihren Augen eine hilflose Angst.

»Dorthin!«, sagte er endlich.

»Was willst du denn?«

Was wollte er? – Diese Frage, so einfach sie war, machte ihn nüchtern, und nahm ihm alle Energie.

»Was willst du denn, Will?«

»Ja«, sagte er tonlos. »Du hast recht ...«

Er hatte sie losgelassen und strich sich über die Stirn, und bedeckte dann die Augen, als wolle er von der Welt nichts mehr sehen.

Plötzlich brach er zusammen, legte die Arme auf die Lehne des Gartenstuhles und barg sein Gesicht.

Mignon beugte sich über ihn und legte die Hand auf seine Schulter, aber er rührte sich nicht, obgleich sie fühlte, wie ein verhaltenes Schluchzen ihn innerlich durchbebte.

»Will, so sei doch ruhig. Was ist denn geschehen? Aber so sag doch nur, was ist ...«

»Meine Mutter«, stöhnte er, »meine Mutter!«

Sie nahm alle Kraft zusammen, um ruhig zu bleiben.

»Was hast du nur, Will? – Vergisst du, dass deine Mama und Père Jugendfreunde sind? Glaubst du, dass deine Mutter etwas Unrechtes tun kann?«

Sie wartete angstvoll, was er antworten würde.

Er griff nach ihren Händen und zog sie zu sich.

»Nein«, sagte er, »nein, du hast recht, das glaube ich nicht. Und du, du musst erst kommen, um mir das zu sagen. Siehst du, ich war mit einem Male so ... ich wusste nicht mehr, was ich tat.«

Allein sie fühlte, dass er nur versuchte, sich zu beruhigen, und ihr kam ein Gedanke, blitzartig. Wenn sie ihm das sagte, musste sie alles andere damit verwischen.

»Weißt du, wer Père ist?«

Er sah sie erstaunt fragend an, ohne sie zu verstehen.

»Er ist mein Vater!«

»Dein Vater, Mignon?«

Sie hatte recht vermutet. Es kam ihm so unerwartet, dass er die Szene darüber beinah vergaß.

Sie war des Professors Tochter? … Er konnte sich nicht gleich hineinfinden, und als sie das sah, fing sie an zu sprechen, hastig, immer weiter, alles, wie sie es vermutet hatte, bis dass sie endlich Gewissheit erhalten.

Sie stand dicht vor ihm. Er zog sie an sich, indem er den Arm um sie legte. Sie fuhr ihm im Erzählen langsam streichelnd über das Haar, bis dass er sie zu sich herabzog in seinen Arm.

Und während noch der bange Schreck ihn durchbebte, gestand er ihr endlich, wie sehr er sie liebe. Und dieses Mal unterbrach sie ihn nicht. Sie schloss die Augen, und zu der Erregung, die sein Geständnis in ihr weckte, kam ein quellendes Frohgefühl, dass er darüber von seinem Verdachte abgelenkt wurde.

Sie hatten die Welt ringsum vergessen, sie lebten nur sich allein, einzig ihrer Liebe, und wortlos fanden sich zum ersten Male ihre Lippen.

Sie waren aufgestanden und wanderten Arm in Arm die schmalen Gartenwege hin, unter den herbstlich kahlen Zweigen. Und Mignon schmiegte sich an ihn, dass er alle Augenblick stehen blieb, um sie unter Schmeicheln an sich zu ziehen.

Zuweilen flogen ein paar Krähen über ihnen weg und ließen ihren rauen, heiser klingenden Schrei durch die Regenluft ertönen, sonst war es still um sie herum, als seien sie fern von allen Menschen, allein auf der Welt.

Dann aber mischte sich in ihr Liebesgetändel ernsthafte Überlegung. Sie wollten sich vorläufig niemandem verraten. Es hatte keinen Zweck, ihre Liebe zu gestehen, und in dem Geheimnis lag für sie beide noch ein ganz besonderer Reiz.

Noch einmal, ehe sie sich trennten, tauchte bei Willy der Argwohn auf; allein Mignon verstand es, ihm all diese Gedanken auszureden. Es fiel ihr nicht schwer, denn er war es gewöhnt, den Menschen rückhaltlos zu vertrauen. Es war ja seine angebetete Mutter und Mignons Vater. –

Als er heim kam, war die Mutter noch nicht zurück. Er stieg zum Vater hinauf und fand ihn droben, hilflos und verlassen in seinem Fahrstuhle.

Die Glocke, die stets neben ihm auf dem Tische stand, war zerbrochen, und er hatte niemand rufen können.

Willy fand ihn in halber Verzweiflung, stumpf vor sich hinbrütend, die Hände im Schoße gefaltet.

Er hatte gerufen, hatte seine Tasse an den Boden geworfen, dass die feinen Porzellanstücke überall zerstreut lagen; hatte mit einem der Stühle wie sonst wohl mit seinem Stocke versucht, auf den Fußboden zu stoßen, allein er hatte dabei nur ein Bein von dem Stuhle abgebrochen, weil er nicht die Kraft hatte, ihn geschickt zu erheben.

Er atmete wie erlöst auf, als Willy erschien. Er hatte Durst und verlangte zu trinken, und dann sollte man ihn in das andere Zimmer schaffen, denn hier zog es, und die leichte Decke, die man ihm über die Knie gelegt hatte, genügte nicht. –

Und nun schalt er auf alle Welt, auf die Dienstboten, auf die Mutter und auf Willy. Wo war er denn gewesen; als ob er ihm nicht einmal fünf Minuten am Tage schenken könnte. Dann hätte er überhaupt nicht heraus zu kommen brauchen, und es war nur gut, dass das Semester jetzt wieder anfing. Für den Vater scheine er nichts mehr über zu haben ...

Dieser Vorwurf traf Willy schwer und er bemühte sich eifrigst, den nörgelnden Kranken zu beruhigen, allein seine Anstrengungen blieben lange erfolglos.

Er wurde erst stiller, als Willy ihn in das andere Zimmer hinübergefahren hatte, und dann ein Gespräch mit ihm anknüpfte.

Aber während er sich mit dem Vater über einen naturwissenschaftlichen Versuch unterhielt, musste er wieder an die Szene im Atelier denken.

Hier ein jammernder kranker Mann, und dort ...

Aber nein, es war ja nicht so. –

Ein Unrecht blieb es, ein Unrecht, dass sich ihm das Herz zusammenkrampfte und das er der Mutter nicht verzeihen konnte. Wie konnte sie sich auf die Stirn küssen lassen.

Und er hatte es gesehen, dass sie sich nicht im Mindesten gewehrt hatte, und dann, wie sie zu jenem aufgeblickt hatte, – indes sein armer Vater hier hilflos und verlassen saß. – Ein unendliches Mitleid überkam ihn, wenn er das bedachte.

Er selbst hatte dem Vater immer fern gestanden. Er achtete und ehrte ihn, aber eigentliche Kindesliebe hatte er nicht empfinden können.

Länger als eine Stunde bemühte er sich schon um ihn, als die Mutter heimkam, von Frau von Ruschwedel begleitet. Heute empfand Willy ihre ihm sonst so unangenehme Gegenwart wie eine Erlösung, da sie ihm das Wiedersehen mit der Mutter erleichterte.

Schon nach wenigen Minuten jedoch brach die Frau Hauptmann auf, und die drei blieben allein.

»Du bist heute so still, Willy!«

»Ich … still? – O nein.«

»Ja doch! – Du bist auch ein wenig bleich. Fehlt dir etwas, mein Junge?«

Er schüttelte mit dem Kopfe.

Sie war zu ihm getreten, hatte den Arm um seine Schultern gelegt und sah ihm in die Augen.

Er war nahe daran, ihr mit einer unmutigen Gebärde zu wehren. Nur mit Mühe bezwang er sich.

Und allmählich, wie sie ihm schmeichelte, in ihrer Nähe, verflogen all die schwarzen Gedanken wieder, die in ihm aufgestiegen waren.

Mit ihrer Vorsorge beschämte sie ihn derart, dass er ihr am liebsten zu Füßen gefallen wäre, um sie wegen seines hässlichen Zweifels um Verzeihung zu bitten.

Er stand wieder ganz unter dem Einflusse, den sie auf ihn ausübte.

Nur das eine berührte ihn unangenehm, dass sie ihren Besuch bei dem Professor mit keinem Worte erwähnte, obgleich sie eingehend all ihre Besorgungen aufzählte.

Allein er wollte dem Verdachte nicht Raum geben, und auch Mignon war eifrig bemüht, ihm die Gedanken zu widerlegen, wenn sie auch selbst nicht vermochte, Frau Braun so unbefangen wie früher entgegenzutreten.

Willy gegenüber verbarg sie ihre Unruhe und ihre Zweifel, und suchte ihn von der Spur abzulenken.

Er klagte sich an, dass seine Liebe zu Mignon schuld daran sei, dass er die Mutter bei sich selbst so verdächtigt habe.

Ihre Liebe zueinander hatte an Innigkeit durch all diese Vorgänge zugenommen, und ihre Stellung zueinander veränderte sich dadurch etwas, dass Mignon in Gegenwart von Frau Anna und ihres Vaters zu Willy gesagt hatte:

»Gehst du mit in den Garten?«

Die beiden andern hatten es sehr wohl gehört, allein sie schwiegen, bis Willy kaum fünf Minuten später fragte:

»Soll ich dir auch dein Tuch holen, Mignon? Du erkältest dich sonst.«

Dieses Mal errötete Mignon.

Petri lachte und sagte:

»Ihr scheint ja das Du schon eingeführt zu haben.«

»Oh nein«, versicherten beide eifrig.

»Lasst nur gut sein. Mir ist es nämlich ganz recht. Und wenn Sie auch damit einverstanden sind, gnädige Frau, dann lassen wir die beiden Brüderschaft schließen. Wenn jemandem das Du unwillkürlich auf die Zunge kommt, ist es Zeit, es offiziell einzuführen. Also wenn ihr wollt ...«

»Gewiss, gern!«, rief Willy.

Mignon nickte, als sei es ihr gleichgültig, und doch war sie froh, von diesem Zwange befreit zu sein.

»So ist's recht. Wie Bruder und Schwester wollt ihr zusammen sein, nicht wahr?«

Frau Anna sagte kein Wort, allein sie war etwas unruhig und sah den Professor fragend an.

Dann sagte sie fast unmutig:

»Müssen Sie denn immer gleich jeder Laune nachgeben?«

Er lachte nur und sagte:

»Ich finde es sehr nett, dass, wenn zwei Leute sich gern haben, sie auch Du zueinander sagen. Weshalb tut es nicht alle Welt? ... Es wäre viel gescheiter.«

Doktor Braun schüttelte nur den Kopf und nannte es eine verrückte Idee. Damit war die Sache erledigt.

11.

»Weißt du denn, weshalb Frau von Ruschwedel immer so viel von ihrem Manne spricht?«, fragte Mignon eines Tages im Laufe des Gespräches.

»Nun weshalb?«

»Ich habe es von Minna, die heute ärgerlich war und ein paar Worte fallen ließ. Das haben wir beide gewiss nicht gedacht ...«

»Und?«

»Ihr Mann ist eifersüchtig gewesen auf einen jungen Leutnant in seiner Kompanie. Sie haben sich gefordert und der Hauptmann ist in dem Duell gefallen. Ist das nicht schrecklich!«

Willy antwortete nicht gleich. Er dachte zurück, bei welchen Gelegenheiten er mit ihr zusammengekommen war, und wie sie stets in überschwänglichster Weise von ihrem Gatten gesprochen hatte.

Jetzt schien es ihm, als ob dieser seltsame Kultus eine Art von Sühne sein sollte, den er immer unangenehm empfunden hatte, weil es scheinbar absichtslos sein sollte, und doch so aufdringlich geschah.

Diese Mitteilung regte in ihm wieder Gedanken an über die Beziehungen des Professors zu seiner Mutter.

Es keimte in ihm eine Abneigung gegen ihn auf, die sich in Kleinigkeiten Luft zu machen suchte.

Er zog sich von Petri zurück, obgleich dieser ihm gerade jetzt ungemein herzlich entgegenkam. –

Lautner, der in der ganzen Zeit nur einmal draußen gewesen war, hatte dies sofort entdeckt und suchte Willy auszuforschen. Allein es gelang ihm nicht, und dann gab er sich auch keine besondere Mühe, da er zu sehr mit einer eigenen großen Arbeit beschäftigt war.

Willys Abneigung wuchs mit jedem Tage, und sie war bald derart, dass er manches Mal brüsk das Zimmer verließ, wenn der Professor anwesend war.

So kam er aus einer fortwährenden seelischen Erregtheit nicht heraus. Er war reizbar nervös.

Ein rascher Stimmungswechsel machte sich bei ihm bemerkbar, unvermittelt sprang er im Gespräch von einem Gegenstande zum anderen über, und fasste im Augenblicke Sympathien und Antipathien, ohne sich des Grundes klar werden zu können.

Die Liebe zu Mignon hatte große Schuld an diesem Zustande. Er musste sie vor der Mutter verheimlichen, und jener Zwiespalt quälte ihn, dass Mignon die Tochter des Mannes war, der ihn mit jedem Tage mehr erbitterte.

Dabei pries sie bei jeder Gelegenheit den Vater, und brachte Willy durch ihre Bitten dahin, wenigstens äußerlich die alten Beziehungen zu erhalten.

Das Leben hatte ihn zum ersten Male gestreift, und er konnte sich nicht so leicht in sein Traumland zurück finden.

Es waren kaum vierzehn Tage vergangen, als sein entschlummerter Verdacht aufs Neue geweckt wurde. –

Er kam aus der Stadt heim, wo er für die Mutter eine Besorgung ausgerichtet hatte.

Der Abend brach an, als er zurückkam. Die frostige Sonne war im Untergehen, und ihre matten herbstlichen Strahlen zitterten nur noch um die höchsten Spitzen der Bäume und die Dächer der Häuser, und liehen einer breiten weißen Wolke am Rande einen leichten rötlichen Schimmer.

Er fand die Mutter nicht daheim. Das Mädchen meinte, die gnädige Frau sei zur Frau Hauptmann von Ruschwedel gegangen.

Diese Nachricht berührte Willy unangenehm, denn er hatte sie wiederholt gebeten, diesen Verkehr möglichst einzuschränken, vollends seit er die Mitteilung von Mignon hatte.

Es schien ihm, als vergebe sie sich damit an ihrem Stolze.

Er ging mit dem kleinen Pakete in das Zimmer der Mutter und legte es auf den Tisch, sodass sie es beim Heimkommen gleich finden musste.

Dann setzte er sich in einen der seidenen Fauteuils und sah dem sterbenden Widerscheine der Sonne zu, die mit jedem Augenblicke mehr erblasste.

Sein Blick flog durch das Zimmer.

Es war nicht groß, nur einfenstrig, und sah noch kleiner dadurch aus, dass es mit Luxusgegenständen aller Art überladen war, die trotz ihrer Verschiedenheit doch zu einem etwas bunten, aber harmonischen Ganzen vereinigt waren.

Will hatte es das Geschenkzimmer getauft, denn all die vielfachen Kunstgegenstände, die im Laufe der Zeit als Gaben bei festlichen Gelegenheiten in das Haus gekommen waren und keinen Platz an anderer Stelle finden konnten, hatten hier ihr Unterkommen.

Anna hielt sich gern in diesem kleinen Vorzimmer auf, eine Art Boudoir; und an dem zierlichen hellen Damenschreibtisch, der eine Fensterecke abschrägte, pflegte sie ihre Korrespondenz zu erledigen.

Am Boden lagen über dem großen Zimmerteppiche hie und da kleinere: vor dem Schreibtische breit ein weiches graues Bärenfell, und in den Zotten lag etwas vergraben, wie ein Stück zusammengefalteten Papieres.

Willy erhob sich, nahm es auf und setzte sich damit an den geschlossenen Schreibtisch.

Es war ein Brief auf gelbem, stark geripptem Papier, von dem ein leichter Duft von Heliotrop ausging, Heliotrop und Rosenholz.

Der Brief musste alt sein, denn er war vielfach zusammengefaltet, und an diesen Stellen brüchig geworden, und schon beim ersten flüchtigen Blicke sah man, dass die Tinte seit Jahren verblasst war.

Will legte den Brief, der der Mutter entfallen sein musste, vor sich hin, ohne ihn genauer zu betrachten. Dabei las er jedoch die Überschrift: »Mein Herzlieb!«

Wer konnte das geschrieben haben?

Gewiss war es ein Brief aus ihrer Brautzeit. Er sah ihn an, ließ ihn aber ruhig liegen. Allein der Gedanke, von wem der Brief sein mochte, ließ ihn nicht los.

Er sah nach der Unterschrift, und im selben Augenblicke hatte er das Gefühl, dass nur dieser Name dort stehen konnte. Aber ein anderes erschreckte ihn: »Dein Reinhold«. Dieses Du und der Vorname. –

Dann fing er an zu lesen, ganz langsam, mit aller Mühe sich zwingend, um den Inhalt nicht rasch zu durchfliegen.

Dann las er ihn zum zweiten Male, und immer dabei der Gedanke: Wann konnte dieser Brief, diese leidenschaftliche Klage, dieser brennende Zweifel an ihrer Liebe geschrieben sein? –

Kein Datum, keine Andeutung, wie er das Blatt auch drehn und wenden mochte.

Ein Geräusch im Nebenzimmer! … Eiligst verbarg er den Brief in der Brusttasche, und trat an das Fenster, als ob er hinausgesehen hätte in den jetzt schmucklosen Vorgarten, wo ein altes Weib die welken Blätter langsam träge zusammenfegte.

Es klopfte! – Nur der Diener, der nach der gnädigen Frau fragte und einen Brief brachte, den ihm Willy abnahm und auf den Tisch legen wollte, als er die Handschrift des Professors erkannte.

Und jetzt war er allein, mit diesem neuen Briefe in der Hand, und die Versuchung trat an ihn heran, dieses Kuvert aufzureißen, um Gewissheit zu erlangen, um ein Ende seiner Zweifel zu finden.

Aber er fand doch nicht den Mut dazu. –

Er konnte nicht länger in dem Zimmer bleiben, sonst erbrach er doch noch das große Siegel, das er immer wieder auf das Genaueste studierte, als ob er es in seinem Leben noch nicht gesehen hatte.

Auf der Schwelle zauderte er noch einmal, im Begriffe umzukehren – dann ging er. –

Und wider seinen Willen, voller Furcht, was daraus entstehen konnte, trieb es ihn hinüber zu Petri; er musste ihm entgegentreten.

Er fand ihn daheim, und freundlich lächelnd kam er ihm entgegen, schüttelte ihm die Hand, und nannte ihn einmal über das andere »Mein lieber Junge!«

Wie er ihn so scherzen und plaudern hörte, und seinen Blick voller Stolz jeder Bewegung Mignons folgen sah, da schien Willy der Gedanke so fremd, dass dieser Mann seine Mutter geliebt haben sollte, – und dass er den Brief geschrieben hatte, den er jetzt an seiner Brust trug.

Wie, wenn er ihn hervorzog und ihn vor Petri hinlegte, ob er das Schriftstück kenne?

Der Gedanke hatte so etwas Verführerisches an sich, er zerrte und lockte, dass es ihn reizte, es zu tun.

Allein er ward sich bewusst, dass dies Begehren ein krankhaftes sei, das ihm nichts nützen konnte.

Fräulein Minna rief den Professor ab, ein Herr wünsche ihn zu sprechen; und Will blieb mit Mignon allein. –

Ohne weitere Vorrede nahm Willy den gefundenen Brief und reichte ihn Mignon:

»Lies das einmal, bitte.«

Sie nahm den Brief, indem sie ihn verwundert ansah und fing dann an zu lesen.

Schon nach den ersten Zeilen suchte sie nach der Unterschrift, und ein kurzer unterdrückter Laut des Erschreckens entfuhr ihr.

Dann las sie langsam, wie um Zeit zu gewinnen, und wartete, dass Willy, der wie bestätigend mit dem Kopfe genickt hatte, etwas sagen würde.

Sie ließ das Blatt sinken.

»Nun?«, fragte er.

»Woher hast du den Brief?«

Er berichtete, wie und wo er ihn gefunden hatte. Sie nickte nur. Dann sagte sie:

»Und was willst du daraus schließen? – Der Brief ist sehr alt. Sieh einmal die Schrift an. Ich glaube, der Brief ist geschrieben, ehe deine Mama sich verheiratet hat, denn davon steht kein Wort in dem Briefe.«

Er nahm den Brief und sah ihn noch einmal wieder durch. Das war allerdings richtig.

»Es ist wohl möglich«, suchte er sich zu täuschen.

»Nein ... es ist auch so.«

Und sie führte ihm alle Gründe an, leidenschaftlich erregt, dass er erstaunte; sich mit den Worten überhastend, weil sie nicht daran glaubte; weil sie nun wusste, dass ihr Vater immer nur die schöne Frau geliebt hatte, und ihre eigne Mutter ihm nie viel daneben hatte gelten können.

Er hörte ihr zu, und sog jedes Wort, das ihm seine Zweifel ausreden sollte, begierig ein; und er versuchte es, sich alles so vorzustellen, – allein im Innern nagte doch der Zweifel. Der blieb und marterte ihn unaufhörlich.

Seit er Mignon liebte, war er der Mutter fremder geworden, seitdem urteilte er; und es quälte ihn, dass er ein Geheimnis vor ihr haben musste.

Und plötzlich kam ihm Mignon mit neuen Gründen. Was wollte er nur? – Was stand denn in dem Briefe: eine leidenschaftliche Klage, dass sie ihn nicht liebe. Das war doch ganz deutlich: Sie liebte ihn nicht. Was für eine Schuld konnte sie also treffen? Oder wollte er es den Menschen gar verwehren, seine Mutter gern zu haben? –

Mit diesem Gedanken suchte er sich zu beruhigen.

Und dann schien ihm jetzt alles verzeihlich, und er begriff, seit er Mignon liebte, seitdem verstand er, wie ein Mann einen solchen Brief schreiben konnte.

Am schmerzlichsten war es, wenn er dabei an seinen Vater dachte. In letzter Zeit hatte er sich schlechter befunden als je. Das Herannahen des Winters brachte stets eine Verschlimmerung seines Zustandes mit sich. Er saß still in seinem Stuhle und die Augen schmerzten ihn, dass er seine gewohnte Lektüre sich versagen musste. Die Augen lagen tief in ihren Höhlen, müde verschleiert, und die Wangen waren eingefallen.

Das Sprechen machte ihm Beschwerden, er stieß mit der Zunge an; und wenn Willy ein Gespräch mit ihm anfangen wollte, winkte er lässig mit der Hand, und stumpf saß er da, ohne recht Anteil an irgendetwas zu nehmen. Es schien, als ob seine Sinne mehr und mehr einschlummerten.

Zum ersten Male fiel es Willy auf, wie wenig man ihn eigentlich im Hause beachtete, wie gewohnheitsmäßig gleichgültig die Mutter sich um ihn kümmerte, abgestumpft durch den sich gleichbleibenden Zustand des Kranken.

Er hatte das bis jetzt nicht empfunden, denn auch für ihn war der Vater nie von großer Bedeutung gewesen; jetzt überkam es ihn wie eine große Traurigkeit, wenn er verglich, wie lebhaft die Mutter war, wie sie alle paar Stunden das Haus verließ und in beständiger Bewegung war, während der Kranke an seinen Platz gefesselt blieb, vor allem jetzt, wo der Herbst über das Land zog und der Winter vor der Tür stand.

Er saß da, so still resigniert, klagte selten oder nie, und hörte stumm lächelnd zu, wenn ihm Anna gewohnheitsmäßig berichtete, was sie tagsüber getan hatte; denn meistens widmete sie ihm die Abendstunden ganz, zumal in solchen Fällen häufig Petri anwesend zu sein pflegte.

Willy war bei dem Vater, als die Mutter heimkam. Sie war etwas unruhig, und fragte die Dienstboten aus nach einem Notizhefte, das sie verloren haben wollte.

Aber niemand hatte etwas gefunden. –

Willy war einen Augenblick versucht gewesen, ihr den Brief, der jetzt keine besondere Bedeutung mehr für ihn hatte, zurückzugeben, nachdem er ihn anfangs wieder in das Zimmer hatte legen wollen. Allein es konnte ihn zu leicht jemand finden, und er nahm davon Abstand.

Es war besser, die Mutter erfuhr nichts davon.

Er wollte es für sich behalten, dass er so an ihr gezweifelt hatte.

Er nahm den Brief und hielt ihn in das Licht, bis dass er völlig verkohlt war.

Allein jetzt hoben sich die Buchstaben weiß von dem verkohlten schwarzen Papiere ab; das er nahm und es zu feinem Staube zerrieb, den er in den Garten streute.

Und damit war auch der Gedanke an die letzten Tage der Unruhe wieder erstorben. Er wollte nicht daran denken, weil es ja krankhaft war. –

12.

Willy wollte der Mutter seine Liebe zu Mignon gestehen. Das Geheimnis quälte ihn. Allein das junge Mädchen wollte es nicht zugeben.

Sie fürchtete sich, – denn sie zweifelte nicht daran, dass Frau Anna noch immer eine uneingestandene Abneigung gegen sie hegte, die bei seiner Erklärung zum Ausbruche kommen konnte und ihr Glück mit einem Schlage vernichten würde.

Die Versuchung, jetzt an dem Kinde der Frau, die sie einst aus dem Herzen Reinhold Petris vertrieben hatte, Vergeltung zu üben, lag zu nahe.

Mignon bettelte fast darum, dass er schweigen solle. Allein dieses fortwährende Verheimlichen einer Neigung, an der nichts Unrechtes haftete, machte ihn nervös.

Und trotz ihres Flehens wartete er nur den günstigen Augenblick ab, um der Mutter alles zu gestehen.

Allein jetzt, wo er wieder seine Wohnung in der Mauerstraße inne hatte, wollte sich die Gelegenheit nicht recht bieten, und Tag um Tag verstrich, ehe es soweit kam. –

Es war Mitte November geworden.

Das Wetter war rau und unfreundlich.

Die kahlen Bäume streckten ihre schwarzen Äste so trostlos zum Himmel, als wollten sie dem gleichmäßig fallenden Regen wehren.

Die ersten Winterstürme brausten über das Land, und brachten zuweilen schmutzigen Schlickerschnee, der zu tauen anfing, ehe er noch den Boden berührte.

Schon in den ersten Nachmittagsstunden brach die Dämmerung ein, grau und lebensfeindlich, dass sich die ganze Welt trübe und neblig gestaltete, und nasse Schleier sich vor das Licht des Tages hingen.

Der Garten stand jetzt völlig kahl und verlassen leer. Die beiden jungen Leute mussten ihre gewohnten Spaziergänge aufgeben, denn kaum dass der Landregen sich für eine Zeit unterbrach und die Feuchtigkeit tiefer in die Erde eindrang, stürzten auch schon wieder endlose Regenmassen von dem gleichmäßig grauumwölkten Himmel und überschwemmten alle Wege.

So saßen sie denn meist daheim, zuweilen bei der Mutter, wo Willy ihnen beim mattverschleierten Scheine der Lampen vorlas. Stets lag im Zimmer eine halbe Dämmerung, denn der Vater konnte das helle Licht nicht ertragen. Es tat seinen Augen weh. –

Eines Abends traf Will die Mutter allein.

Der Vater hatte sich hingelegt und Mignon war zu einer Freundin in der Stadt.

Er war herausgekommen in der sicheren Erwartung, sie daheim zu treffen, denn sie hatte sonst keinen Verkehr; deshalb war er anfangs unmutig, weil er ihr ein Buch mitgebracht hatte, um das sie ihn gebeten.

Jetzt war er mit der Mutter allein im Zimmer.

Ein gleichmäßig feiner Regen sickerte gegen die Scheiben der Fenster, vor die, mit Ausnahme des einen, dichte Vorhänge gezogen waren.

Die Nacht war windstill, und man hörte nur das einförmige Fallen des Regens.

Das Zimmer war leicht durchwärmt, denn eine unangenehme Feuchtigkeit drang kalt in die Häuser.

Frau Anna lag auf eine Chaiselongue gestreckt, und schützte sich die Augen mit der auf die Lehne gestützten Hand.

Ein Buch lag aufgeschlagen in ihrem Schoße, aber sie träumte darüber hin, wie gewöhnlich.

Sie regte sich nicht, fast als ob sie schlief.

Willy wagte es nicht, die Stille zu unterbrechen.

Er dachte an Mignon und versuchte, sich das Bild des jungen Mädchens in all seinen Einzelheiten vorzustellen.

Und er sah sie mit ihrem mattgelben Teint, den großen geheimnisvollen Kinderaugen, und den leichtgewellten Haaren, die ihr pagenartig auf die Schulter fielen.

Sie war schlank und schmiegsam wie eine Weide, und dabei so jugendlich voll, mit ihren runden starken Armen und den feinen zierlichen Gelenken der kleinen Hand, deren Finger die seinen so energisch umklammern konnten, die sich um seinen Nacken ineinander schlangen, wenn sie sich an ihn schmiegte und ihm die vollen Lippen zum Kusse bot.

Er warf einen Blick zur Mutter hinüber, und er musste darüber lächeln, dass er einmal behauptet hatte, er wolle immer nur sie lieben.

Jetzt war ein kleines siebzehnjähriges Mädchen gekommen, und hatte ihn mit Leib und Seele gefangen. Sie entzog ihn seiner Mutter mehr und mehr. –

Frau Anna machte eine Bewegung. Willy erhob sich, rückte einen Puff neben die Chaiselongue und ließ sich an der Seite der Mutter nieder, indem er ihre Hand ergriff.

Dann, indem er sie wieder losließ, sagte er:

»Ma, darf ich dir ein Geständnis machen?«

Seine Stimme bebte doch etwas, trotzdem er sich die größte Mühe gab, um recht ruhig zu bleiben.

Anna richtete sich auf, indem sie sich auf die linke Hand stützte, und indem sie ihm das Gesicht zukehrte, fragte sie lächelnd:

»Ein Geständnis, du – mir?«

»Ja«, sagte er. »Ich habe schon seit Langem etwas verheimlicht.«

Sie sah ihn verwundert an. Er stockte und fuhr endlich fort:

»Du hast also gar nichts bemerkt?«

»Nein, nichts – ich verstehe dich nicht.«

Er sah sie an und starrte dann auf den Teppich; denn wenn sie wirklich gar nichts ahnte, so war es besser, er schwieg und wartete.

Ihm war mit einem Male aller Mut genommen.

»Hast du Schulden?«, fragte sie endlich, als er noch immer schwieg.

Er musste doch lachen, indem er den Kopf schüttelte.

Dann sagte er ohne Übergang:

»Weißt du eigentlich schon, dass Adolf Wurm sich verlobt hat? – Ich hab es dir neulich gesagt, nicht wahr?«

Sie sah ihn an, wich aber dann seinen Blicken aus.

»Er ist jetzt dreiundzwanzig. Findest du nicht, dass das eigentlich sehr jung ist?«

»Gewiss.«

Jetzt wusste sie, auf was er hinauswollte, aber sie sagte kein Wort weiter.

Dann, wie im Scherz, aber mit dem Gefühl, wie ungeschickt es war, fuhr er fort:

»Ich bin eigentlich alt genug, auch einmal daran denken zu können.«

Sie schwieg noch immer.

»Ich meine nur: daran denken, nicht wahr?«

»Nein!«, sagte sie und ihre Stimme klang härter als gewöhnlich. »Du bist viel zu jung. – Früher sagtest du, du wollest nie heiraten.«

»Ach, was sagt man nicht alles.«

»So hast du deine Meinung geändert?«

Er lachte etwas gezwungen, während sie hastiger atmete. Er sah sie noch immer nicht an, sonst hätte er geschwiegen vor dem Ausdrucke ihrer Augen.

»Will!«, sagte sie jetzt, wie mit einem im Augenblicke gefassten energischen Entschlusse. »Will, sei einmal ehrlich!«

»Weißt du es denn wirklich nicht?«, fragte er scheu.

»Was denn?«

»Dass ich Mignon liebe ...«

Sie zuckte doch zusammen, als sie aus seinem Munde hörte, was sie schon seit Langem befürchtet hatte.

»Du hast nichts geahnt?«

»Nein.«

Dann schwiegen sie beide.

»Du sagst nichts dazu?«

»Was soll ich dazu sagen?«

»Mama!«

»Aber das ist ja kindisch!«

»Kindisch?«

»Ja, ihr seid beide ein paar Kinder, und ich hätte das nie von dir erwartet ...«

Er stand langsam auf, mit einem Blicke, in dem sie las, dass er kein Kind mehr war, dass, wenn sie das noch glaubte, er imstande war, sie vom Gegenteile zu überzeugen.

Und ganz ruhig sagte er:

»Wenn du das wirklich glaubst, so irrst du. Von einer Kinderei ist hier gewiss nicht die Rede.«

»Umso schlimmer! Und kurz und gut, die Geschichte ist mehr als lächerlich, sodass wir am besten tun, nicht darüber zu reden.«

Er sah sie zweifelnd an, und sie fügte hinzu:

»Ich bitte dich, reden wir nicht davon, du regst dich und mich unnötig auf. Es hat keinen Zweck.«

Es quoll in ihm auf, ein Angstgefühl, wie eine Flut von Tränen, die sich lösen wollten; und er wandte sich ab, um an das Fenster zu treten und hinauszusehen, in die eintönige Nacht.

Es war lautlos still im Zimmer.

Aber deutlich, erschreckend deutlich hörte er das hastige Atmen der Mutter, und ihm war, als ob er sein eigenes Herz schlagen hörte.

So stand er am Fenster, unschlüssig was er jetzt tun sollte, und krampfte die Hand in den dichten braunen Stoff des Vorhanges.

Endlich, ohne dass er sich umwandte, sagte sie langsam, wie suchend:

»Das ganze ist ja eine Kinderei. Ihr seid beide ein paar Kinder. So habt ihr miteinander verkehrt, und wir haben euch gewähren lassen. Nun wollt ihr uns das doch nicht so lohnen? – Du hast deine Studien eben erst angefangen, du kennst nichts von der Welt, so gut wie nichts. Niemals, soviel ich weiß, bist du mit einem Mädchen zusammengekommen, und deshalb bildest du dir ein, Mignon zu lieben. Das ganze ist nur eine vorübergehende Meinung, und in acht Tagen lachst du dich vielleicht schon selber aus.«

Er gab keine Antwort und blieb am Fenster stehen, wie zuvor.

Sie hatte das alles sehr ruhig gesagt. Sie wollte sich selbst beruhigen und beschwichtigen.

»Ich sage dir das vielleicht hart und kalt, aber ich kann nicht anders. Du brauchst dich jetzt nicht zu entscheiden. Ich weiß, du bist zu verständig, als dass du nicht selbst zu der Überzeugung kommen solltest. Du bist eben in dem Alter, wo die Liebe zu mir allein dir nicht mehr genügen kann.«

Willy machte eine Bewegung, aber er schwieg.

»Nein«, sagte sie. »Ich weiß das sehr wohl. Ich habe deine Illusionen vom Leben nie geteilt, aber ich habe sie dir nicht nehmen wollen.

Aber deshalb braucht man nicht gleich der ersten Neigung blind nachzugeben. Und wenn du Mignon wirklich lieben solltest, so wäre das unter diesen Verhältnissen eben eine Torheit. Überwinde sie, und binnen Kurzem werdet ihr wieder ebenso freundschaftlich miteinander verkehren können wie zuvor.«

Er zuckte mit den Achseln. Und diese schweigende Nichtachtung ihrer Worte tat ihr weh.

»Muss denn immer gleich geheiratet werden um so ein bisschen Liebe? … Glaubst du, man verlobt sich sofort, wenn man zum ersten Male liebt, ja?«

Er wusste, wie sie jetzt auf sich selbst anspielte, ohne dass sie ahnen konnte, dass er es fühlte.

»Du wolltest dich doch mit Mignon verloben, und sie einmal heiraten? – Es ist ja sehr hübsch von dir, gleich so ernsthaft zu denken, allein in eurem Falle ist das eine große Torheit. Glaube mir, es ist eine Torheit. Sonst hast du doch so viel auf den Rat deiner Mama gegeben. Tu es vor allem jetzt und glaube mir, dass ich nur zu deinem Besten rate.«

Sie war aufgestanden und hinter ihn getreten.

Jetzt legte sie ihm beide Hände auf die Schultern, und während er unter dieser leisen schmeichelnden Berührung zusammenzuckte, fragte sie bittend, indem sie versuchte in sein Gesicht zu sehen:

»Willst du meinem Rate folgen, Will?«

Sie erschrak vor der Blässe seines Gesichtes und vor der herben Entschlossenheit, die darin lag, während er den Kopf schüttelnd antwortete:

»Du irrst dich. Ich kann es nicht, denn ich liebe Mignon, liebe sie mehr als mein Leben. Ich weiß, du wirst mir grollen, dass diese Liebe zwischen uns getreten ist.«

»Nein Will, das ist nicht der Fall. Ich spreche einzig so, weil ich dein Bestes im Auge habe.«

»Wenn das wäre, würdest du nicht so sprechen. Du weißt ja nicht, wie ich Mignon liebe.«

Und nun, ohne Halten, wie ein aufgebrochener Quell sprudelte es hervor, all seine Liebe vom ersten Tage an, als er sie im Garten gefunden hatte. Und er konnte und wollte ihr nichts mehr verheimlichen;

er malte es aus, all die kleinen Szenen, die sie schon miteinander erlebt hatten, all ihre Zweifel und all ihre bunten Hoffnungen.

Das erzwungene Lächeln war von ihrem Gesichte geschwunden, und je weiter er sprach, je beredter er wurde, umso deutlicher spiegelte sich der Schreck und das Entsetzen in ihren Augen.

Sie starrte ihn an, als ob er irre rede, als ob ein anderer, den sie nicht kannte, vor ihr stehe.

Darauf war sie nicht vorbereitet, darauf nicht; und sie zitterte vor der Gewalt dieser schrankenlosen Leidenschaft.

Als er zu Ende war, und ausrief:

»Glaubst du nun noch immer, all dies sei eine flüchtige Schülerliebe, nur die Einbildung der Liebe, ein Rausch augenblicklicher Verliebtheit? – Glaubst du das wirklich?«, da starrte sie ihn an, und fand keine Antwort ...

Er hatte sich wieder dem Fenster zugewandt und sah in den Regen hinaus.

Und sie stand ratlos hinter ihm und wusste nichts zu erwidern.

»Ist denn das wahr, Will? ... Wirklich wahr?«, fragte sie tonlos, mit bebender Stimme.

Er bestätigte die Frage nur mit dem Kopfe.

Einen Augenblick wollten ihr die Kräfte versagen.

Sie drohte zusammenzubrechen, sie wollte die Hände vor das Gesicht schlagen, um nichts zu sehen, sich die Ohren zuhalten, um nicht hören zu müssen.

Dann raffte sie sich auf, schüttelte mit dem Kopfe, als wollte sie etwas Unangenehmes abwerfen, und sagte unerbittlich entschlossen:

»Nein Will! Niemals ... Es geht nicht! Hörst du: Niemals! ... Es ist ein Traum für dich gewesen, der nun zu Ende ist. Du wirst nicht mehr daran denken! – Das ist nicht möglich.«

»Nicht möglich, sagst du? – Es ist alles möglich, wenn man nur ernstlich will! Du musst das alles vergessen, und überwinden, weil es sein muss.«

»Und weshalb?«

Sie stockte einen Augenblick, in tödlicher Verlegenheit, weil sie keine Antwort hatte.

»Weil ... und wenn du dich nun täuschst? Du hast ja kein Urteil. – Wie kannst du dich binden, mit welchem Rechte das Leben eines andern Menschen an dich ketten. Du weißt nicht, was es heißt, seine Freiheit hingeben für alle, alle Zeit. Du bist ja noch so kindlich jung.«

»Ich liebe Mignon!«

»Wenn du sie liebst, wirst du nicht ein Versprechen geben wollen, dessen Erfüllung nicht in deiner Macht liegt. Mignon ist eben aus der Pension gekommen. Du sagst, sie liebe dich. Ich zweifle nicht daran, dass sie dich gern hat, aber gern, wie zwei Freunde sich haben.«

»Ich kann nicht!«

»Will, ich bitte dich; du hast mir so oft beteuert, dass du mich über alles lieb hast, dass du bereit bist, für mich alles zu tun ...«

»Ja Mama!«

»Und nun richte ich die erste wirkliche Bitte an dich, und du verweigerst sie mir.«

»Martere mich doch nicht mit einer Bitte, die ich nicht erfüllen kann.«

»Und du quälst mich mit Wünschen, die nie zum Glück führen können.«

Sie hatten sich nichts mehr zu sagen. Sie fühlten es beide, wie das Band zerrissen war zwischen ihnen. Wie sie sich fremd gegenüber standen.

Er warf sich in einen Sessel und spielte unruhig zupfend mit der Quaste, während er nur mit halbem Ohre den Auseinandersetzungen der Mutter folgte.

Alles in ihm empörte sich gegen den Widerstand, dem er bei ihr begegnete.

Sie hatte keinen stichhaltigen Grund. Wie suchend ging sie im Zimmer hin und her, und endlich fing sie wieder an, immer dieselben Worte, dieselben Gedanken. Aber Will hörte nicht darauf, er dachte nur immer an Mignon.

Sollte sie mit ihrer Vermutung doch recht behalten? –

Sie hatte es geahnt; allein zu einer Umkehr war es jetzt zu spät, er hatte den Kampf angefangen.

Aber er hoffte noch immer, er hoffte auf seine Mutter. Sie würde doch einwilligen; und als sie ihn jetzt bat, dem Vater gegenüber kein Wort zu erwähnen, da gab er dies Versprechen ohne Zaudern.

Als er fortging, küsste sie ihn bittend auf den Mund.

»Nicht wahr, du wirst mein kluger Junge sein.«

Er machte sich von ihr los, ganz sanft, und murmelte:

»Ich kann ja nicht.«

Sie blickte ihm wie gebrochen nach, als er trotz ihrer Bitten ging. Er musste allein sein, allein mit sich und seinen Gedanken.

Und auch sie blieb allein mit ihren Gedanken. –

Es durfte, es konnte ja nicht sein! ...

Und sie hatte nichts geahnt. Sie hatte nichts anderes als einen freundschaftlichen Verkehr bei ihnen vorausgesetzt.

Der Kopf war ihr heiß zum Zerspringen, und je mehr die Stunde vorrückte, umso erregter wurde sie.

Sie setzte sich an den Schreibtisch und wollte an Petri schreiben.

Aber nein! – Was sie bewegte, konnte sie dem Papier nicht anvertrauen.

Einen Augenblick war sie versucht gewesen, noch jetzt hinüberzugehen. Vielleicht dass sie ihn daheim traf.

Aber sie durfte es nicht wagen. Es blieb ja nicht unbemerkt, und was konnte es in den Augen der anderen so wichtiges geben, dass sie es noch in später Stunde mit dem Professor bereden musste.

Und dabei immer der Gedanke, dass er morgen nach Kopenhagen fuhr, und sie ihn vielleicht vorher nicht mehr sprechen würde.

Sie sah keinen Ausweg. Sie fühlte, dass der Widerstand ihres Sohnes nicht leicht zu brechen war. Mit einem einzigen Worte konnte sie ihn brechen. –

Aber dieses Wort wagte sie sich nicht einmal im Geheimen zu sagen. Sie durfte es nicht aussprechen.

Und es gab ja auch noch Mittel, um ihn wieder zur Vernunft zu bringen.

Wenn man ihm nur Zeit zur Überlegung ließ. Sie war ja noch immer seine Mutter, und sie gab die Hoffnung nicht auf, ihn sich wieder zu gewinnen.

13.

Willy musste jemand haben, mit dem er sich aussprechen konnte. Lautner gegenüber traute er sich nicht recht, weil er dessen Sarkasmus fürchtete.

Deshalb ging er am folgenden Nachmittage zu Adolf Wurm, der in der Tieckstraße im Hinterhause eine bescheidene Wohnung hatte.

Er stieg die vier schmalen steinernen Treppen hinauf und fand ihn daheim.

Das einzige Fenster des Zimmers, dessen Kleinheit noch durch das Bett und ein altes Klavier beschränkt wurde, führte auf einen Hof, sodass man gegen die rote Wand eines mächtigen Lagerhauses sah, wo die Winde unablässig große Wollballen emporhob.

Ein beständiges lautes Rufen der arbeitenden Leute, drunten im Hofe das Ein- und Ausfahren der Wagen, und dazu das Geräusch einer nebenan befindlichen Fabrik.

Und in diesem beständigen Lärmen hatte Wurm seine Oper vollendet, die jetzt in Hamburg angenommen war. Daraufhin hatte er sich mit seiner Paula, einer Jugendliebe, verlobt.

Sie wohnte bei ihrer Mutter, einer Kaufmannsfrau in Rixdorf, wo Wurm sie bei einem Ausfluge kennengelernt hatte.

Er hatte sich bis dahin durch Stundengeben ein hübsches Sümmchen erspart, und mit ein paar Märschen und Tänzen ziemlich Glück gehabt. Jetzt war ihm zum Überfluss eine kleine Erbschaft von einer Tante, an die er nie mehr gedacht hatte, zugefallen, sodass er es schon seit Langem nicht mehr nötig hatte, in dieser engen Bude zu hausen. Allein es gefiel ihm nun einmal hier, und er wollte bleiben, bis er heiraten konnte, aber nicht eher, als bis er irgendwo einen kleinen Kapellmeisterposten erhalten hatte.

Ohne Kragen und Schlips, im Schlafrock arbeitete er gestikulierend mit den Händen in der Luft herum, während er dem schweigsamen Willy seine Pläne auseinandersetzte. Er schwatzte in einem fort, von seiner Braut, seinem Glück, seinen Hoffnungen, ohne zu ahnen, dass Braun gekommen war, ihm sein Herz auszuschütten.

So verlor Willy allen Mut, und nachdem er länger als eine Stunde bei dem Musiker gewesen war, verließ er ihn wieder, trüber gestimmt als zuvor, im Ohre noch dieses ganze lärmende Geschwätz des Glücklichen. –

Er hatte anfangs Mignon gegenüber schweigen wollen, allein als er zu ihr hinaus kam, und seine Bedrücktheit ihr auffiel, fragte und bat sie ihn so lange, bis er ihr die Szene mit der Mutter ausführlich erzählte.

Sie hörte ihn ruhig an, sehr ruhig, und sehr bleich. Sie hatte gewusst, dass es so kommen würde, und deshalb war sie über den Ausgang nicht weiter erstaunt.

Wenn nur der Vater dagewesen wäre.

Jetzt, wo Frau Anna von ihrer Liebe wusste, brauchte sie auch dem Vater das Geheimnis nicht länger vorzuenthalten.

Er musste Rat wissen, musste helfen – allein sie hatte ihn in aller Frühe zur Bahn gebracht und war nun allein im Hause.

Schreiben konnte sie ihm das nicht. Sie mussten schon warten, bis er von Kopenhagen zurückkam.

Er hatte bestimmt, dass sie die Tage während seiner Abwesenheit bei Brauns zubringen sollte, und es gab keinen Grund, dass sie fortbleiben konnte.

Sie fürchtete sich vor dem Abend. Allein Will würde ja anwesend sein; und er hatte die Mutter gebeten, nichts zu erwähnen, da Mignon von seiner Erklärung nichts wisse.

Die Mutter hatte ihn ruhig angehört und nichts erwidert. –

Das Abendessen verlief sehr still. Mignon vermochte kaum einen Bissen hinunterzubringen. Der einzige, der den Speisen tüchtig zusprach, war Doktor Braun.

Es fiel ihm nicht auf, dass auch als abgetragen war, alle gegen ihre Gewohnheit still und einsilbig blieben, denn er war auf den Bau eines Silberbergwerkes gekommen, in Anlass eines Artikels, den er kurz zuvor gelesen hatte, und nun versuchte er, ihnen einen Begriff davon zu geben.

Es kam trotzdem keine Unterhaltung in Gang. Willy brach frühzeitig auf. Anna versuchte, Mignon noch zurück zu halten; allein diese erklärte, sehr müde zu sein und ging mit Willy fort, der sie heimbrachte. –

Am folgenden Morgen saß Mignon mit quälenden Gedanken beschäftigt im Jagdzimmer, wo sie sonst mit dem Vater das Frühstück zu nehmen pflegte, als sie von einem Besuche Frau Annas überrascht wurde.

Obgleich sie vorgab, wegen eines Stickmusters zu kommen, das ihr Mignon vor geraumer Zeit versprochen hatte, wusste das junge Mädchen sofort, dass nur ein besonderer Grund sie hergeführt haben konnte.

Sie ging mit Frau Braun hinauf in ihr Zimmer, um das Muster zu suchen, auf das sie sich mit bestem Willen nicht mehr besinnen konnte.

Frau Anna setzte sich auf das schwarze Ripssofa des schlicht ausgestatteten Zimmerchens, mit seiner hellen Blumentapete, das sich Mignon ganz wie in der Pension am See hatte einrichten lassen.

Anna betrat es zum ersten Male, und in diesem keusch einfachen Raume verlor sie plötzlich allen Mut.

Ihr war, als habe sie sich auf ein fremdes Gebiet gewagt, und sei Mignon nicht gewachsen. Dieses schlichte Mädchenzimmer mit seiner fast puritanischen Einfachheit brachte die Salondame in Verwirrung.

Und während Mignon kniend vor ihrer Schublade ohne Hast, absichtlich zögernd suchte, dachte sie darüber nach, was sie hier eigentlich wollte, und wie sie auf den Zweck ihres Besuches kommen sollte.

Sie musste doch irgendetwas sagen, und so fing sie an, sie auszufragen nach ihren einstigen Pensionsverhältnissen, und ohne Übergang kam sie auf Willy zu sprechen; dass er den Sommer nach Bonn gehen werde.

Der Satz klang scharf, bedeutungsvoll, und Mignon fühlte die Herausforderung.

Einen Augenblick hielt sie mit Suchen inne. Jetzt hatte sie gesagt, weshalb sie gekommen war.

Sie blickte sich um im Knien, und der Ausdruck in Annas Augen ließ keinen Zweifel zu.

Wie sie dasaß, steif auf dem Sofa, den Schleier noch immer vor dem Gesichte. Und durch das feine Gewebe hindurch konnte man deutlich sehen, wie überwacht das Gesicht war, wie tief die Augen lagen, so gealtert sah sie aus.

Der Mund war zusammengepresst, so herb, dass zwei Falten, von den Nasenflügeln zu den Mundwinkeln herab, deutlich hervortraten.

Und während sie sich ansahen, fast drohend, sagte sie: »Will muss einmal von Haus fort, in andere Verhältnisse, um die Welt kennenzulernen. Es ist Zeit, dass er lernt, sich auf sich selbst zu stellen.«

»Er hat mir noch kein Wort davon gesagt.«

»Wir haben auch nur im Allgemeinen davon gesprochen. Er wollte immer einmal nach Bonn oder Heidelberg.«

»Und wann geht er fort?«

»Mit dem nächsten Semester.«

»Und wann ist das?«

»Zu Ostern!«

»Zu Ostern? ... Weshalb soll er fort?«

»Weil er muss, um in andere Verhältnisse zu kommen.«

Sie sahen sich wieder an, und mit ihren Blicken erklärten sie sich Feindschaft von nun an.

Mignon erhob sich, und indem sie die Sachen, die sie aus der Schublade sich in den Schoß gesucht hatte, zurückfallen ließ, fragte sie voller Erregung:

»Sie sind gekommen, um mir das zu sagen.«

Einen Augenblick zauderte Frau Anna, dann antwortete sie ruhig:

»Ja, deshalb bin ich gekommen.«

Auch Frau Anna hatte sich erhoben. Jetzt, wo sie sich dicht einander gegenüberstanden, fiel es ihr zum ersten Male auf, dass das junge Mädchen fast um einen halben Kopf größer war als sie.

»Und weshalb sagen Sie mir das?«, fragte Mignon.

Anna schwieg.

»Weil Sie mich hassen, ich weiß es: Ich habe es gefühlt vom ersten Tage an. Weil Sie Willys Liebe für sich allein haben wollen. Sagen Sie doch, dass es nicht so ist.«

»Es ist nicht so.«

»Es ist nicht? ... Was für einen Grund haben Sie dann, um zwischen uns zu treten? So sprechen Sie doch.«

Sie war einen Schritt näher getreten und sah ihr fest in die Augen.

»So sprechen Sie doch ...!«

»Mignon, liebst du Willy?«

»Ja!«

Es leuchtete in ihren Augen auf, und sie schien verwandelt zu sein. Der herbe Trotz, der eben noch in ihrem Gesichte gelegen hatte, war gewichen, und eine Glückseligkeit lag darüber ausgebreitet, dass Anna ausrief:

»Es ist nicht wahr! – Sag doch, dass es nicht wahr ist.«

»Doch, es ist wahr. Und ihr mögt tun, was ihr wollt: Es soll mich keiner zwingen, ihn nicht zu lieben.«

»Mignon, ich bitte dich ...«

»Nein! – Liebe gegen Liebe! … Sie sind seine Mutter, Sie haben das erste Recht auf ihn; allein Sie müssen wissen, dass Sie ihn nicht ewig für sich behalten können. Weshalb also stellen Sie sich zwischen uns, weshalb?«

Als Anna schwieg, fuhr sie immer erregter fort:

»Weil Sie mich hassen, um meiner Mutter willen. Ich weiß alles! – Weil Sie meine Mutter gehasst haben, deshalb können Sie mich nicht lieben. Ich habe es am ersten Tage gefühlt. Dann sind Sie scheinbar gut und freundlich zu mir gewesen, bis ich alles vom Vater erfahren habe, und da habe ich gesehen, was unter der Maske verborgen lag. Und jetzt, jetzt – da meine Mutter tot ist, wollen Sie sich an mir rächen …«

Das bescheidene junge Mädchen war geschwunden, und es war nur mehr das leidenschaftliche Weib geblieben, das rücksichtslos um seine Liebe kämpfte, und deshalb alle Waffen gebrauchte, die ihm zu Gebote standen.

Anna war von diesen unerwarteten Worten so bestürzt und überrascht, dass sie sich nicht zu fassen vermochte.

Sie sah jetzt, dass sie es nicht mehr mit zwei leicht zu lenkenden Kindern zu tun hatte.

Wie sollte sie die Aufgeregte davon überzeugen, dass keinerlei Abneigung von ihrer Seite im Spiele war, dass es nur eine peinigende Angst war, eine Gewissensfurcht grausamster Art, die sie dazu trieb, alles zu versuchen, um die beiden auseinander zu bringen.

Sie musste sprechen, denn sonst war es vielleicht zu spät. Und sie fing an zu bitten und zu flehen.

»Nein, Mignon, du irrst dich – gewiss, du irrst dich. Ich habe dich gern; und wenn du ruhiger bist, wird dir dein Papa dasselbe sagen. Doch, Mignon – doch! … Sieh Kind, du hast deine Mutter früh verloren, sodass du nicht weißt, was es heißt, eine Mutter haben, die für dich denkt und sorgt. Hör ein wenig auf meinen Rat. Du bist zu jung, um dich selbst beurteilen zu können, zu unerfahren, um zu wissen, was Liebe ist. Ich habe das alles Willy schon gesagt, ich muss es dir wiederholen. Siehst du nicht ein, dass wir gewissenlos handeln würden, wenn wir euch ohne Weiteres gewähren ließen? Hast du nie darüber nachgedacht, wie alt ihr beide erst seid, wie vieler Jahre es noch bedarf, ehe Will sich ein wenig Selbstständigkeit erringen kann. – Ihr habt

hier beide nur für euch gelebt, wie in einer Idylle, an die ihr zurück-
denken mögt, und euch an der Erinnerung erfreuen. Allein mehr wird
und darf es nicht werden. Du weißt, ich habe bei Willy kein Gehör
gefunden. Vielleicht finde ich bei dir mehr Verständnis. – Geh doch
hin und frage andere Leute, wie die darüber denken. Onkel Jack – du
hältst ja viel auf ihn – frag ihn einmal, was er davon denkt, willst du?
Und du wirst sehen, er hat nur ein Lächeln für eure Kindlichkeit. –
Ich will euch ja nicht drängen, zu nichts zwingen. Und damit du
siehst, dass ich nichts – aber auch gar nichts gegen dich habe, mache
ich dir noch einen Vorschlag: Wenn dein Papa zurückkehrt, sag ihm
alles, und höre auf das, was er dir antworten wird. Ist es dir recht?
Und nun gib mir deine Hand.

Du verkennst mich, Mignon, wenn du glaubst, ich wolle nicht dein
Bestes. Es mag dir ja anders scheinen, allein es ist so. Und um dich
völlig zu überzeugen, so werde ich mich nicht einmischen in euer
Verhalten zueinander. Glaubst du nun noch immer, dass ich dir
feindlich gesinnt bin?«

Mignon nahm die dargereichte Hand, allein Annas Worte hatten
keinen Eindruck auf sie gemacht. Sie fühlte aus all dem nur das Bestreben heraus, sie und Willy voneinander zu trennen.

Alle Versuche, ihr das Unhaltbare ihrer Liebe zu beweisen, dienten
nur dazu, ihre Liebe noch mehr zu befestigen.

Und auch Frau Anna ging mit dem Gefühle fort, dass sie mit all
ihren Worten nichts erreicht hatte.

Ein paarmal war sie nahe daran gewesen, flehentlich zu bitten, allein
rasche Überlegung hatte sie noch immer vor dieser Demütigung gerettet.

Und doch musste sie die beiden trennen, koste es was es wolle.

Wenn nur der Professor erst zurück war! –

Das Einfachste war, irgendeinen zwingenden Grund zu finden, dass
er fort musste und Mignon mitnahm.

Die Trennung würde sie schon zur Vernunft bringen. Es war das
einzige Mittel, das ihnen blieb.

Im Sommer ging Willy dann nach Bonn, und so war alles gut.

Bei diesem Gedanken suchte sie sich zu beruhigen, und in qualvoller
Ungeduld wartete sie auf die Rückkehr Petris, weil er der einzige war,
der hier noch Rettung bringen konnte.

14.

Mignon hätte sich gern mit der alten Minna ausgesprochen, allein diese war in letzter Zeit ganz wunderlich geworden. Sie zankte nicht mal mehr mit dem Mädchen.

Manchmal hatte sie ganz dummes Zeug geschwatzt.

Sie redete mit sich selbst; aber obgleich Mignon verschiedentlich versucht hatte, sie zu belauschen, hatte sie nichts verstehen können.

Zuweilen schloss sie sich in ihr Zimmer ein, und dann hörte Mignon, wie sie oft stundenlang vor ihrem Marienbilde lag und ein Gebet nach dem andern murmelte.

Und sie sah sie dabei oft ganz seltsam an und schien ihr aus dem Wege gehen zu wollen.

Es schien, als ob sie wisse, wie sie zueinander standen, denn sie hatten sich im Hause nicht immer den nötigen Zwang auferlegt.

Was schadete es, wenn sie was gemerkt hatte. Deshalb brauchte sie doch nicht mit solch griesgrämigem Gesichte herumzulaufen.

Und so traute sich Mignon nicht, mit ihr zu sprechen; sie war ganz allein und musste sich eben in Geduld fassen. –

Da fiel ihr Onkel Jack ein, und wie Frau Anna von ihm gesprochen hatte.

In der letzten Zeit hatte er sich fast gar nicht sehen lassen, denn er ging bei Regenwetter wegen seines Rheumas nicht aus.

Dieser verfluchte Rheumatismus, wie er schalt, den er sich im Biwak in einer elend kalten Regennacht in den sechziger Jahren geholt hatte, als drüben der Norden mit dem Süden im Kampfe lag.

So hockte er denn jetzt zu Hause, aus Furcht, sich zu erkälten.

Will hatte nicht sonderlich gern mit ihm zu tun, weil er meist seinen Spott an ihm ausließ und ein Feind aller Sentimentalität war, die er bis aufs Blut verfolgte.

Aber bei allem Sarkasmus waren die meisten seiner Kompositionen von wahrhaft tiefer Empfindung, und er liebte die sentimentale Musik in einem Grade, dass diese Vorliebe unvereinbar schien mit seinem Reden und Handeln.

Er war durch die Erfahrung ein arger Skeptiker geworden, handelte auch danach, und liebte, an anderen zu bemäkeln, was, wie er sich selbst im Stillen sagte, sein größter Fehler war.

Willy kam über diesen Zwiespalt nicht hinweg, ihm blieb es ein Rätsel, was darin Wahrheit und was bloß Maske war.

Onkel Jack hatte sich stets über seine maßlose Verehrung der Mutter lustig gemacht und ihn das Baby genannt; sodass sie nie in ein rechtes Verhältnis zueinander gekommen waren, wie große Mühe sich Onkel Jack auch gegeben hatte.

Dabei ging Willy jedes tiefere Verständnis für die Musik ab, und der ehemalige Kapellmeister liebte es, sich in theoretische Erörterungen einzulassen, die er ins Unendliche ausspinnen konnte.

Er hatte in Adolf Wurm einen dankbaren Zuhörer gefunden, der zuweilen ein ebenbürtiger Gegner wurde, und den er hoch schätzte, weil er das bedeutsame Talent des jungen Mannes wohl erkannte, und sich mit ihm auch in manchen mehr äußerlichen Punkten berührte. Hatte er ihm doch gleich anfangs vertraut, dass auch er seit Jahren an einem großen Werke arbeitete, das gewissermaßen die Summe seines Lebens ziehen sollte, und auf das er all seine Hoffnungen baute.

Bei Willy hatte er mit seinen Musikgesprächen wenig Glück, der dem kaltherzigen Spötter nicht traute, wenn er warm wurde und sich begeisterte.

Durch Willys Verhalten beeinflusst, war auch Mignon Onkel Jack ferner geblieben, obgleich dieser sie vom ersten Augenblicke in sein Herz geschlossen hatte.

Er hatte ihr in seiner barocken Weise Komplimente gemacht, da er nicht wusste, sollte er sie als Dame oder als Backfisch behandeln.

Aber sie hatte ihn doch besser erkannt, als es Will möglich gewesen war. Als sie sein wirkliches Wesen erfasst und begriffen hatte, und sich mehr und mehr zu ihm hingezogen fühlte, brachten es die äußeren Umstände mit sich, dass sie seltener zusammentrafen.

Dennoch entschloss sie sich, ihn aufzusuchen. Vielleicht ergab sich im Laufe des Gespräches die Möglichkeit, die Dinge der letzten Tage zu berühren, und den Rat Onkel Jacks zu hören.

Rasch warf sie den Mantel um, und mit dem Schirm bewaffnet, wagte sie sich in den Regen, der nun mit kurzen Unterbrechungen gleichmäßig fiel und bei dem leichten Winde schauerweise von den Linden der Sophienstraße und den mächtigen Kastanien der Berliner Straße auf die straffe Seide ihres Schirmes trommelte.

Durch die Hardenbergstraße eilte sie in die Knesebeckstraße, wo Onkel Jack in der zweiten Etage eines schmalen roten, mit weißem Sandstein umrahmten Hauses wohnte.

Sie klingelte zweimal, dann kam er in großen Filzpantoffeln, den Schlafrock zusammenhaltend, angeschlurrt und rief freudig aus, indem er ihr die Glastür zum Entree öffnete:

»Ah, Fräulein Mignon! – Kommen Sie schnell herein, liebes Kind, nur schnell herein.«

Er tat, als ob sie auf dem Treppenabsatze noch dem Regen ausgesetzt sei.

Dann nahm er ihr diensteifrig den tropfenden Schirm ab und hing den feuchten Mantel an den Garderobeständer.

»Treten Sie ein, bitt' schön.«

Er öffnete ihr die Tür völlig, indem er den grauen Schlafrock, der seine lange Gestalt noch länger erscheinen ließ, mit der roten Schnur fester zusammenzog.

»Ich lasse Sie gleich ins Arbeitszimmer. Das schadet doch nichts? … Da ist es schön warm. So, bitte nur aufs Sofa. Es wird gleich Platz.«

Er schaffte eiligst ein paar Arme voll Noten, die dort wüst durcheinander lagen, fort, sodass Mignon sich setzen konnte; die, nachdem sie den Hut abgenommen hatte, sich ihr feucht gewordenes Haar zurechtstrich.

»So! – Und nun, was verschafft mir denn die hohe Ehre, dass das gnädige Fräulein bei solch einem Hundewetter zu mir alten Einsiedler herauskommt?«

»Gar nichts Besonderes«, sagte sie treuherzig lachend. »Ich war nur allein und langweilte mich schrecklich. Will hat heute Abend irgendeinen Kommers. Mit unserem Fräulein Minna ist gar nichts anzufangen, und Frau Doktor hat Migräne – wenigstens sagte sie heute Morgen so. So, nun wissen Sie alles. Und da hab ich mir eben gedacht, willst einmal Onkel Jack einen Besuch machen.«

»Und das war sehr hübsch und gescheit von Ihnen, Kindchen. Da sitzt unsereins nun in seiner einsamen Junggesellenbude und guckt zu, wie es regnet, und weiß ganz genau, wenn er hinausgeht, holt er sich für mindestens vierzehn Tage was weg. Und so ein Springinsfeld läuft unterm Regen durch, und es tut ihm noch gut. Die alten Knochen wollen nicht mehr so recht. Die haben anno 1862 und 1863 den Regen kennengelernt. Zuletzt ist dann die Nässe gründlich hineingezogen, und nun will sie nicht wieder hinaus. Da hilft nichts, als ein guter Schnaps. Passen Sie mal auf!«

Er ging an einen kleinen Eckschrank, und während Mignon die Blicke durch das zweifenstrige Zimmer fliegen ließ, – über den großmächtigen geöffneten Flügel, über die Wände, an denen drei alte Lorbeerkränze hingen, zwischen ein paar Bildern, wahrscheinlich von Musikern, die Mignon nicht kannte, und den Büsten von Mozart, Haydn, Gluck und Beethoven, – holte Jack aus dem Schranke ein dickbauchiges Fläschchen und füllte ein kleines grünes Gläschen vorsichtig bis zum Rande.

»Kosten Sie mal, Mignon, ganz was Feines.«

Sie lachte, indem sie sich in das kleine mit Noten ganz bepackte Sofa zurücklehnte.

»Nein, Onkel Jack, deshalb bin ich nicht zu Ihnen gekommen, um mich mit Schnaps vergiften zu lassen.«

»Oh! – O Kind«, sagte er bedauernd, »ein so gutes Tränklein sollte man nicht verachten. Ich kann Ihnen sagen, der tut 'nem kranken Menschen gut. Sie wollen also nicht mal kosten?«

»Nein!«, lachte sie. »Lieber nicht …!«

Als er das übervolle Glas vorsichtig an die Lippen bringen wollte, rief sie ihm ein lustiges »Prosit!« zu, sodass er, weil er dankend mit dem Kopfe nickte, fast die Hälfte verschüttete.

»Ah«, sagte er dann, »das tut wohl. Wenn wir den damals gehabt hätten, wir hätten das bisschen Regen nicht gefürchtet. Aber jetzt … du lieber Gott! … Doch ich glaube beinah, ich lamentiere Ihnen nächstens was vor. Wie wäre es, wenn ich das auf dem Marterkasten da täte?«

»Ach ja, bitte, Onkel Jack.«

»Nun passen Sie mal auf, ganz was Neues, was noch kein Mensch gehört hat. Übrigens – was macht denn eigentlich Ihre Kuh? – Von der hört man ja gar nichts mehr.«

»Ach«, sagte sie und wurde rot, »lassen wir doch das dumme Tier. Ich habe das Ding jetzt hübsch in Gips abgegossen in meinem Zimmer stehen. Wir wollen es uns den Marmor nicht kosten lassen, es gefällt mir nämlich gar nicht mehr. Ich weiß nicht, aber die Kuh sieht so furchtbar stupide aus. Es war ja alles Unsinn, nur zum Spaß.«

»Na, na! Wenn Sie so scharf mit sich ins Gericht gehen, dann kann ich mich wahrscheinlich auf was gefasst machen. So, nehmen Sie mal das Buch da. Hoffentlich können Sie die Pfote lesen. – Aber keinem Menschen je ein Wort sagen. Das ist das Textbuch, das hat mir mal drüben ein Landsmann geschrieben. Da – das Duett aus dem zweiten Akte will ich Ihnen vorspielen. Sie sind ja sonst immer so ein kluges kleines Mädchen. Nun geben Sie mal Ihre Meinung ab.«

Er wies ihr kurz den Zusammenhang an, und während sie das große Buch vor sich nahm, setzte er sich an den Flügel und spielte ihr das Duett vor, ein Liebesgeständnis.

Eine süße, fast märchenhafte Poesie lag in den Tönen, eine Innigkeit des Gefühls, die man ihm bei seinem eckigen, oft schroffen Wesen nicht zugetraut hätte.

Eine milde, einschmeichelnde Melodie, wie hingehauchte Klagen, das Ausklingen eines tiefen Seelenschmerzes. –

Als Jack zu Ende war, und nun die Finger still auf den Tasten ruhen ließ, als denke er an ganz etwas anderes, an eine hinter ihm liegende, langentschwundene Zeit – wagte es Mignon nicht, ein Wort zu sagen.

Diese volksliedartige Klage des Duetts hatte sie tief ergriffen, denn sie hatte an sich selbst gedacht. Ihr war, als spreche sich in der Musik ihre eigene Seele aus.

Sie konnte sich diese rührende Sehnsucht nicht recht mit der robusten Gestalt Jacks in Einklang bringen, und so fragte sie plötzlich ganz unter dem Eindrucke dieses Gedankens, wider ihren Willen, um im nächsten Augenblicke schon darüber zu erschrecken:

»Warum sind Sie eigentlich Junggeselle geblieben, Onkel Jack?«

Er sah sie mit tieftraurigen Augen an, in denen sie las, dass er denselben Gedanken gehabt hatte, dass ihm ihre dumme Frage nicht unerwartet kam.

»Ja – ja, weshalb ich Junggeselle geblieben bin. Es hat wohl so sollen sein.«

»Haben Sie nie jemand lieb gehabt, Onkel Jack?«

»Was du für närrische Fragen stellst, Kind. Aber du hast ganz recht. – Ob ich nie wen geliebt habe?«

Als er schwieg, stand sie auf, ging zu ihm hin und bat:

»Sind Sie böse auf mich?«

Er fasste nach ihrer Hand, streichelte sie und sagte:

»Nein Kind, nein! – Weshalb sollte ich böse sein? – Aber du hast mit deinem guten Herzen erraten, was die andern alle nicht wissen. – Glaubst du, ich wäre immer der Barbar gewesen, der ich jetzt bin? – O nein! … Aber es ist lange, lange her … und lustig war es grade auch nicht. Ich habe einmal wen lieb gehabt, lieber als mein Leben. Erst hat sie getan, als habe auch sie mich lieb, dann hat sie mich ausgelacht, als ich sie gefragt habe, ob sie mein Weib werden wolle, – und dann ist sie eines Tages ihrem Vater fortgelaufen mit einem – ja, mit einem von meinen Musikanten. Und dann nach einem Jahr ungefähr haben wir sie im Hospitale wiedergefunden, ihr Vater und ich; und dann hat es keine acht Tage mehr gedauert, da war es mit ihr aus.«

Er fuhr sich mit dem Rücken der Hand über das Gesicht, und sagte:

»Sieh Kind, und seitdem sind mir alle Gedanken an eine andere vergangen.«

Eine lange Weile war es mäuschenstill im Zimmer, dann fasste Mignon sich Mut:

»Onkel Jack, wollen Sie mir raten und helfen?«

»Ja, Kind, wie und wo ich nur immer kann.«

»Willy und ich lieben uns.«

Er zog die Augenbrauen in die Höhe mit flüchtigem Lächeln.

»Schau! – Schau!«

»Will hat seiner Mamma alles gestanden. Heute war sie bei mir und suchte mich zu überreden, wir seien törichte Kinder. Aber es wird ihr doch nicht möglich sein, uns zu trennen, denn wir lieben uns. Tun wir damit ein Unrecht, Onkel Jack?«

»Nein, Kind, nicht dass ich wüsste.«

»Wir lassen nicht mehr voneinander.«

»So fest entschlossen, Kind? Sag mir mal, wie alt bist du?«

»Siebzehn.«

»Nun, ein bisschen jung, aber es lässt sich schon hören.«

»Wir warten eben. Wir wollen doch nicht gleich heiraten. – Wollen Sie nun für uns sprechen, Onkel Jack?«

»Ja, Mignon, was in meiner Macht steht, gern! Also meiner schönen Frau Schwägerin gefällt das nicht?«

»Sie ist nur eifersüchtig.«

»Das wird's sein, gewiss! Nun, wir wollen mal unser Heil versuchen. Trotz des Regens möchte ich gleich aufstehn ...«

»Nein, Onkel Jack, es muss wie unabsichtlich kommen. Wenn ich nur erst den eigentlichen richtigen Grund wüsste ...«

»Wir werden es schon herauskriegen.«

Er sprach ihr zu, und ein erleichterndes Frohgefühl überkam sie, als er so zuversichtlich seine Hilfe zusagte.

Mit lebhaftem Geplauder verwischten sie bald die trübe Stimmung, die sich ihrer bemächtigt hatte.

Eine halbe Stunde verschwatzten sie noch so, bis die Dämmerung eingebrochen war und der Regen etwas nachließ. –

Jack sah ihr vom Fenster aus nach, als sie fortging.

Was es doch für ein seltsames Mädchen war. Ein Kind, und doch kein Kind mehr mit ihren tiefsinnigen Augen, die ihm gleichsam sein Geheimnis abgerungen hatten.

Mit keinem Menschen hatte er je über diese Zeit seines Lebens gesprochen, die Schuld daran war, dass er Junggeselle blieb. Und nun kam dieses siebzehnjährige Ding, und dem Naseweiß erzählte er, wie eine alte Tratsche, alles haarklein; und beinah hätte er gar vor dieser unvernünftigen Krabbe zu zümpfeln angefangen. –

Es war doch ein herziges, seelengutes Geschöpf, und er begriff seine Frau Schwägerin einmal wieder gar nicht. Wenn die beiden auch noch jung waren, so brauchte man sich ihrem Glücke doch nicht ohne Weiteres in den Weg zu stellen.

Bei passender Gelegenheit wollte er einmal ein kernig Wörtlein fallen lassen. –

Indessen war Mignon jubelnd nach Haus geeilt, indem sie leichten Herzens durch den Regen lief, und wie im Übermut über die Wasserpfützen sprang.

Zu Haus fand sie einen Brief aus Kopenhagen, in dem ihr der Vater ausführlichen Bericht gab über seine Reise, und nur das eine bedauerte, dass sie nicht mit ihm sein konnte.

Wohl zehnmal las sie den Brief durch, und steckte ihn dann gewohnheitsgemäß in die Tasche, um ihn, trotzdem sie ihn längst auswendig konnte, bei Gelegenheit wieder durchzulesen.

Darüber hatte sie ganz vergessen, dass Frau Anna heut Morgen da gewesen war, und ihr alle Hoffnung hatte rauben wollen.

Jetzt war alles wieder gut. –

Sie sprang durch das Haus, sang leise für sich hin, war lustig und aufgeräumt wie nie, sodass die alte Minna aus dem Kopfschütteln nicht heraus kam.

»Ganz wie deine Mutter, Kind. Die tollte auch immer so durch das Haus. Wollte Gott, sie hätte diese Schwelle nie betreten, dann lebte sie vielleicht noch.«

»Aber Minna!«

»Lass nur … lass nur! Es ist doch so. Und ich … ich sah nichts, rein gar nichts. Aber so geht es immer. Man denkt an ganz was anderes, und eines Tages hat man die Geschichte. Eines schönen Tages war die Liebe da, und nun gab es kein Halten mehr. Und ich dummes Geschöpf glaubte, nun würde alles gut, und sah zu, ohne die Hand zu regen. Deine Mutter, Kind, war ein Engel. Ich konnte ihr nicht raten, durfte ja nichts sagen. Und dann dachte ich immer, wenn du erst mal da sein würdest, dann musste er sie ja zur Frau nehmen. Und da ist nun doch nichts draus geworden.«

Sie wischte sich mit der Schürze über das alte runzlige Gesicht.

»Ja ja! Sie war immer so lustig, ganz wie du. Sie sang und sprang den lieben langen Tag. Und nur wenn die Nacht kam, so in der Dämmerung, dann saßen die beiden still in der Stube, und keiner sagte ein Wort. Wenn ich dann mal was Wichtiges hatte, traute ich mich nicht, es zu sagen. – Ach Gott, ja, und er hat deine Mutter recht lieb gehabt, das muss man ihm lassen. Ganz recht war es ja nicht. – Wenn das seine selige Mutter noch erlebt hätte! … Na ja! – Nur das eine hätte er nicht tun sollen. Siehst du, Kind, deine Mutter war katholisch, wie ich, und das hätte er nun nicht tun sollen, dass du nun lutherisch bist. Wenn du sie nun niemals wiedersiehst? – Na ja, Kind, ich weiß ja nicht, wie das ist, und bin man 'ne dumme Person. Ich bin gar nicht so, und die Mutter Gottes wird schon ein Einsehen haben. Ich verstehe nichts davon. Aber es kann doch noch mal ein Unglück geben. Gut ist es nicht, gewiss nicht.«

»Aber Minna, was redest du nur.«

»Ja – ja … ich rede. – Ich schwatze und schwatze, und dabei gibt es tausend Dinge zu tun. Ich finde gar nicht mehr durch. Du könntest mir wohl ein bisschen behilflich sein.«

»Aber mit dem größten Vergnügen, Minna.«

Und während Mignon forteilte, um sich eine große weiße Küchenschürze vorzubinden, sah ihr die alte Minna nach, und murmelte vor sich hin:

»Und es gibt doch noch ein Unglück, dass er das Kind zu den Luther'schen gebracht hat.«

15.

Als Willy am folgenden Tage in der Dämmerung herauskam, fand er Mignon im großen Wohnzimmer bei der Lampe, mit einer Stickerei beschäftigt, eine Visitenkartentasche für ihn zu Weihnachten. –

Den ganzen Tag war das junge Mädchen sehr vergnügt gewesen. Sie hatte dem Vater einen langen Brief geschrieben, in dem sie allerlei halbe Andeutungen gemacht hatte, sodass er recht neugierig geworden sein musste.

Dann hatte sie an Will gedacht und die Minuten gezählt, bis er endlich kam.

Sie eilte ihm entgegen, hing sich an ihn und ließ sich von ihm küssen, indem sie ihn schalt, dass er so lange hatte auf sich warten lassen.

Dann erzählte sie ihm von den beiden Besuchen, wie erst seine Mama zu ihr gekommen, und sie dann zu Onkel Jack gegangen war.

Er zog sie auf seinen Schoß und sie legte die Arme um ihn.

»Wie nass du bist – und so kalt, gib mal deine Hände, dass ich sie wärmen kann.«

»Ja, es ist bitter kalt. Mich wundert, dass es noch nicht zu schneien anfängt.«

»Dann fahren wir aber Schlitten, ja?«

»Und laufen Schlittschuh. Kannst du's?«

»Nein, aber ich werde es lernen. Du musst es mich lehren. Es wird sehr schön sein.«

»Ja, es soll herrlich werden.«

Sie küsste ihm den feinen Tau von seinem Schnurrbarte und fuhr liebkosend mit beiden Händen über sein Haar.

»Ich habe mich so nach dir gesehnt«, schmeichelte sie, und legte ihre Wange an die seine. »Und ich habe von dir geträumt: Wir gingen über eine große bunte Blumenwiese. Und in dem grünen Grase waren Tausende von gelben und roten Blumen. Davon pflückten wir uns, bis wir beide Hände voll hatten. Es war mitten im Sommer. Der Himmel war so tiefblau, und um uns ein leises Summen, wie von einer Orgel in einer fernen Kirche. Es mussten wohl die Insekten sein, die Bienen, die von Blume zu Blume flogen. Und dann nahmst du mich bei der Hand, und wir gingen immer weiter, aber das Gras war so lang, dass ich müde wurde, und du musstest mich tragen. Und dann kamen wir an ein großes breites Wasser, das war gelb und schäumte wie ein wilder Fluss. Und wir standen am Ufer und konnten nicht hinüber – und dann wachte ich mit einem Male auf – und da regnete es ganz laut gegen das Fenster ...«

Er lachte, und küsste sie, bis sie sich zum Scheine wehrte, laut und lachend, um sich einen Augenblick ihm hinzugeben, und im nächsten wieder spröde zu tun. –

Bis jetzt hatten sie sich nur flüchtig im Hause die Hand gedrückt, oder ganz verstohlen einen Kuss getauscht.

Jetzt waren sie weniger vorsichtig geworden, es währte ja nicht mehr lange, und alle Welt konnte es wissen, dass sie sich gern hatten, und sie konnten sich küssen nach Herzenslust.

Willy musste erst noch einmal zur Mutter hinüber, wo sie sich zum Abendessen treffen wollten. Mignon dachte fast mit Angst an die Stunden, denn Doktor Braun war ans Bett gefesselt, und sie würden zu dreien sein.

Willy versprach ihr sofort wiederzukommen, damit sie noch eine Weile ungestört plaudern konnten.

Mignon begleitete ihn hinunter und blieb in der offenen Tür stehn, um ihm nachzusehen. Dann trällerte sie vergnügt durchs Haus, ohne mehr die geringste Lust, irgendetwas zu tun. –

So fand Minna sie nach einer halben Stunde, die Hände auf dem Rücken gekreuzt, im Zimmer auf und ab gehen.

Mignon lächelte so geheimnisvoll, dass Fräulein Minna sich nicht enthalten konnte, zu fragen, was sie habe.

»Nichts – gar nichts! Ich bin nur sehr glücklich!«

»So so!«

Dann nach einer Pause:

»Minna, du! – Bin ich eigentlich schon alt genug um zu heiraten?«

»Heiraten, wie kommst du dummes Ding zu solchen Fragen?«

»Na, fragen kann man doch. Es heiraten doch genug Leute.«

»Die sind auch gescheiter als du Kindskopf.«

»Du meinst also, ich sei noch zu jung?«

»Red’ doch nicht solches Zeug.«

»Aber ans Verloben, da darf ich denken?«

»Was du nur heute hast. Warte nur, wenn der Herr Professor zurückkommt.«

»Ich möchte mich gar zu gern verloben.«

»Nun seh mal einer!«

»Was meinst du, wenn ich es täte?«

»Aber Kind, mit solchen Dingen treibt man keinen Scherz.«

»Ich scherze auch gar nicht.«

»Es ist kein Scherz?«

»Nein eigentlich nicht.«

»Ja – aber ...«

»Du hast also auch nichts gemerkt? Seid ihr denn alle blind?«

»Was denn?«

»Na, Willy! ... Will! ... Dass er mich liebt, und ich ihn, und dass ... Um Gottes willen, Minna, was ist dir Minna, liebste Minna, was hast du denn? So sprich doch! ... Aber mein Gott, du bist ja ganz blass. – Wird dir schlecht? ... Komm, setz dich hin ... so! – Aber was ist denn nur?«

»Lass ... lass nur! Es ist ... nichts. Ich ...«

»Trink etwas Wasser. – Aber du zitterst ja an allen Gliedern.«

»Ja, ich zittere ... Glaub’s wohl ... Lass nur, es geht schon vorüber.« Sie wischte sich den Schweiß von der Stirn während Mignon ratlos vor ihr stand.

»Das ist das Alter, das kommt.«

»Minna, gute Minna!«

»Ja Kind – ja ... und du sagst ... du ... du willst dich ... verloben?«

»Ja, Minna.«

»Und mit wem, sagst du?«

»Will, mit wem denn sonst? Ach, wenn du wüsstest, wie lieb ich ihn habe; noch lieber als Papa.«

Minna zitterte am ganzen Leibe. Nach einer langen, peinlichen Pause fragte sie, stockend, jede Silbe mit Mühe herausbringend:

»Mit Willy Braun?«

»Ja doch, Minna!«

»Weiß das schon wer?«

Mignon sah sie forschend an.

»Ja, – Will hat seiner Mama alles gestanden.«

»Und ...«

Sie starrte das junge Mädchen angstvoll an, mit den Händen nach ihr greifend.

»Sie weigert sich. Sie sagt: Niemals!«

Es entfuhr Minna wie ein Seufzer der Erlösung.

»Aber wir lassen nicht voneinander, niemals, hörst du, was die andern auch tun mögen.«

»Mignon!«

»Was ist denn, Minna?«

»Heilige Mutter Gottes, wie soll das enden.«

»Mit einer Hochzeit! Denn wenn Papa einwilligt ...«

»Das kann ja nie sein.«

»Das kann nicht sein?«

»Nein, frag nicht, ich bitte dich. Ich kann es dir ja nicht sagen, ich darf es nicht.«

»Das sagt ihr alle; aber ich verstehe euch nicht.«

»Quäle mich nicht. – Frag deinen Vater, der kann es dir vielleicht sagen, dass du Willy Braun nicht lieben darfst.«

»Ich darf nicht? – Aber ich liebe ihn ja, grenzenlos, mehr als mein Leben.«

»Um Gottes willen, sprich nicht weiter Kind, ich bitte dich, sprich nicht weiter. – Und jetzt ... jetzt lass mich. – Ich bin nicht ganz wohl. Ich weiß ja nicht mehr – was ich spreche.«

Sie erhob sich, allein Mignon musste sie stützen, dass sie nicht wieder auf den Stuhl zurück fiel; und dann führte sie sie langsam auf ihr Zimmer, wo sie allein bleiben wollte. –

Mignon war durch die erlebte Szene, deren Veranlassung sie nicht begriff, in die größte Bestürzung geraten.

Und Willy blieb länger fort, als sie erwartete.

Unruhig ging sie durch das Haus, und mehrmals hinunter, um in die Regennacht hinauszuspähen.

Als sie an Minnas Zimmer vorbeikam, hörte sie, als ob drinnen Gebete gemurmelt wurden, allein sie wagte es nicht, sie zu stören.

Endlich kam Willy.

Hastig erzählte sie ihm alles.

Was konnte das zu bedeuten haben? Denn es steckte was dahinter. Das war gewiss. –

Und ohne weiter auf Mignon zu hören, ging er zu Minna hinauf.

Er fand sie in ihrem Zimmer, einem kleinen, klösterlich einfachen, nur mit ein paar Heiligenbilder ausgestattetem Gemache.

In der einen Ecke hing ein Christus am Kreuz, ein hagerer, weißer Leib, der sich scharf von dem breiten dunklen Holze abhob, auf das er geschlagen war.

Minna saß am Tische, die Hände im Schoß gefaltet und nur bei seinem Eintritt hob sie den Kopf und warf einen fast ängstlichen Blick auf ihn, um sich dann hastig abzukehren.

Sie hatte geglaubt, es sei Mignon, sonst hätte sie ihn nicht eingelassen.

Jetzt war es zu spät; und er stand vor ihr und fing an zu fragen, unruhig, wie gequält von einem Geheimnisse, dessen Inhalt er ahnte.

Minna musste alles aufbieten, um sich nicht schon mit den ersten Worten zu verraten.

Die alte Abneigung gegen Frau Anna keimte wieder in ihr auf. Damit konnte sie jene am empfindlichsten verwunden, wenn sie dem Sohne die Augen über die Mutter öffnete.

Aber noch hielt sie an sich, obgleich es in ihr wühlte, die grausame Lust, ihm die Wahrheit zu sagen; und je drängender er mit seinen Fragen wurde, eine umso unerschütterlichere Abwehr setzte sie ihm entgegen.

Erst als er anfing, fast roh gegen sie zu werden, brauste sie auf, höhnisch, mit einem Lachen, das ihn beleidigte:

»So fragen Sie doch Ihre Frau Mutter!«

Er fühlte die sinnlose Erbitterung aus ihren Worten heraus.

»Lassen Sie meine Mutter aus dem Spiele!«

»Schau – schon, junger Herr, nur nicht gar so giftig gegen ein altes Weib.«

»Das ist mir gleich ...«

»Nun seht doch! ... Ich dächte, ich hätte noch nichts getan, was ich nicht vor aller Welt verantworten könnte.«

Er wusste, es war eine versteckte Beleidigung dahinter, deshalb brauste er wild auf:

»Was soll das heißen?«

»Dass Sie noch lange nicht das Recht haben, so gegen mich aufzufahren. Wenden Sie sich an eine andere.«

»Weib! Ich ...«

Er war auf sie zugetreten und hatte sie am Arme gepackt, indem er scharf durch die Zähne, wie zum Äußersten entschlossen, langsam sagte:

»Ich will jetzt alles wissen, hörst du, alles.«

»Alles? – Da musst du schon deine Frau Mutter fragen.«

»Was soll meine Mutter damit?«

»Oho, junger Herr, zerbrechen Sie einer alten Frau nicht die Knochen, ja.«

Allein er ließ sie nicht los.

»Willst du es jetzt sagen«, knirschte er fast und schüttelte sie.

Und jetzt sagte sie langsam, indem sie vor ihm zurückwich, während er sie freigab:

»Wessen Kind du bist ...«

Er hatte sie losgelassen und starrte sie an. Im nächsten Augenblicke, als sie auflachte, sagte er sich, die Alte sei verrückt geworden.

Und nun, wie mit einem Schlage, veränderte sich ihr Gesicht und sie stürzte auf ihn zu, fasste ihn am Arm, und jammerte:

»Jesses Maria, was hab ich gesagt. Es ist ja nicht wahr – glaub's nicht, es ist nicht wahr!«

Jetzt, wo sie zu leugnen, wo sie sich zu verteidigen suchte, wusste er, dass sie das nicht im Wahnsinn gesprochen hatte.

Als er eine Bewegung machte, um das Zimmer zu verlassen, hielt sie ihn auf, mit zitternden Händen:

»Hörst du, es ist nicht wahr. Glaub nicht, was ein altes Weib dir vorschwatzt. Gib mir deine Hand, dass du niemand was sagen wirst, versprich es mir doch ...«

Ohne auf sie zu hören, riss er sich von ihr los und stürzte aus dem Hause, hinaus in die Nacht.

Er lief und lief in den strömenden Regen hinein.

Die ganze Welt kam ihm wie ein wüster Traum vor, und ein erstickendes beängstigendes Gefühl lag auf seiner Brust, eine dunkle Schmerzempfindung.

Ihm war, als ob er sich nur zu ermannen brauchte, um den Alp abzuschütteln, aber er war so lässig und matt.

Einen Augenblick sagte er sich, Minna habe das nur gesagt, um ihren Hass zu befriedigen; allein er konnte sich nicht mehr belügen. –

Und wie er grübelte, war ihm, als ob das nicht ihm, sondern einem ganz Fremden geschehen sei. Er hatte das Bewusstsein seiner selbst verloren.

Wie er so durch den Regen lief, musste er an tausend nichtssagende Kleinigkeiten denken, die in gar keinem Zusammenhange standen mit dem, was er eben erfahren hatte ...

Endlich kam ihm der Gedanke an seine Mutter, und nun trieb es ihn nach Hause, um der Mutter eine Frage zu stellen, die er jetzt stellen musste, wenn er nicht verrückt darüber werden wollte. –

16.

Als Willy mit diesem festen Entschlusse in das Haus trat, begegnete ihm der Diener, den seine Mutter fortschickte, um Antifebrin zu holen.

Seit jener Unterredung mit Mignon hatte auch sie keinen ruhigen Augenblick mehr gehabt. Bei dem kleinsten Geräusche schrak sie zusammen. Sie konnte keine Minute mehr ruhig bleiben; eine fieberhafte Rastlosigkeit hatte sich ihrer bemächtigt, dass ihre Pulse schlugen.

Sie saß und grübelte und grübelte, wie sie das Entsetzliche abwenden konnte und sie fand nichts.

Nur das eine, die volle Wahrheit. – Ein einziges Wort genügte, und alles war gelöst; aber damit vernichtete sie ihre ganze Existenz, damit stieß sie ihren Sohn für immer von sich.

Es musste ein anderes Mittel geben. Aber all ihr Grübeln fruchtete nichts. Sie machte sich nur krank damit.

Willy stieg langsam das hell erleuchtete Treppenhaus hinauf, Stufe um Stufe, schwerfällig langsam.

Er suchte nach seiner Mutter.

Im ersten Zimmer war sie nicht … er traf sie im Boudoir, dort, wo er einst den Brief gefunden hatte, den Brief, dessen Inhalt jetzt eine ganz andere Bedeutung für ihn erhalten hatte. –

Ohne anzuklopfen war er in das Zimmer getreten, denn die Tür war nur angelehnt, und er hatte geglaubt, er werde sie auch dort nicht finden.

Sie schrak zusammen, als sie ihn so plötzlich vor sich sah.

Das eine Fach des Schreibtisches stand offen, und die Briefe lagen in wirrem Durcheinander vor ihr.

Sie drehte sich um, damit sie ihm all diese Briefe verdeckte, und lächelte ihm gezwungen zu, während er auf der Schwelle stehen blieb.

»Nun«, fragte sie, »weshalb kommst du nicht herein?«

Eine jähe Ahnung hatte sie ergriffen, als er dort stehen blieb. Aber sie verstand die Kunst, sich zu beherrschen.

Er trat näher und legte den Hut auf einen Stuhl.

Jetzt, wo sie im Schein der Lampe sein Gesicht sehen konnte, erschrak sie noch mehr.

Sie war so bleich geworden wie er.

So hatte sie ihn noch nie gesehen. Was wollte er?

»Was ist denn, Willy?«, wagte sie endlich zu fragen.

Er schwieg noch immer, denn er fürchtete, sich mit dem ersten Laute zu verraten. Die Stimme drohte ihm zu versagen.

Sie saß vor dem Schreibtische, halb mit dem Rücken dagegen gelehnt, während ihre Hand die Lehne des Stuhls umkrampfte.

Er bereitete ihr mit seiner Ruhe Angst.

Endlich sah er sie an, aber in seinen Augen lag eine fremde Feindseligkeit.

Sie lächelte ihm zu, als sei nichts vorgefallen.

Sie wollte auf ihn zugehen, aber sie fühlte sich durch die fieberhafte Aufregung, in der sie sich den ganzen Tag über befunden hatte, so schwach, dass sie es bei dem Versuche ließ und ihn nur schmeichelnd beim Namen rief.

Das riss ihn aus seinem Brüten. –

Sein Name von den bittenden Lippen der Mutter hatte die alte Gewalt über ihn.

Und im nächsten Augenblicke lag er aufschluchzend zu ihren Füßen, und klammerte sich in ihre Kleider, während sie ihn zu umfassen suchte.

»Mutter! – Liebe Mutter!«

»Aber Will! Was hast du? … Bist du krank?«

Er schüttelte den Kopf. Und dann hastig:

»Ja doch! Vielleicht doch … nur krank.«

Sie zog ihn fester an sich und küsste sein Haar, während er sich ausweinte.

Sie sagte kein Wort mehr, denn sie wagte es nicht, ihn zu fragen.

»Nicht wahr«, fragte er wie im Fieber, noch immer von der halbschlummernden Ungewissheit geschüttelt, »es ist ja nicht möglich! … Wie einen die Leute erschrecken können!«

Als sie schwieg und er vergeblich wartete, dass sie etwas erwidern sollte, die auf seine Worte lauerte, sagte er wie nebenher:

»Ich weiß, dass Mignon seine Tochter ist.«

Sie zuckte zusammen. Er merkte es nicht. Ihm war es wie im Traum, und er sprach weiter, eigentlich ohne zu wissen, was er sagte. Er horchte mehr auf den Klang seiner Stimme; und das schien ihm so seltsam, als habe er sich nie sprechen hören, als sei er ein anderer, der sich selbst zum ersten Male hörte.

»Ich habe hier einmal einen Brief gefunden, hier. Aber ich habe ihn verbrannt …«

Sie lehnte sich zurück, um ihm nicht so nah zu sein, sie wollte ihn abwehren, denn ihr schien, als halte er sie mit seinen Armen gefangen.

Die Sinne drohten ihr zu schwinden, und nur mit äußerster Anstrengung, mit der Begierde, jetzt alles zu hören, was er ihr zu sagen hatte, hielt sie sich aufrecht.

Sie atmete krampfhaft, und nun fühlte er, wie ein Zittern sie durchlief. Das riss ihn aus seiner Schwäche.

Er hielt sie an den Armen gefasst, beugte sich über sie und fragte mit ausbrechender Heftigkeit:

»Sag doch, dass es nicht wahr ist … sag es mir doch!«

Sie atmete schneller und schwerer, und nur ihr totenbleiches Gesicht gab ihm Antwort.

Er schrie es fast, indem er ihren Arm schüttelte.

»Und nun sagen sie, ich … ich sei auch sein Kind! … Mutter … Mutter! … Ich …!«

In ihren Augen stand die Antwort, deutlich, ohne Lüge. Und vor diesen irren Augen wich er zurück, die Hände wie abwehrend ausgestreckt.

Bis jetzt hatte er gleichsam immer nur mit dem Gedanken gespielt, wie mit einer Möglichkeit. Jetzt war Ernst daraus geworden, und er starrte die Frau, die vor ihm stand, an, und sagte sich dabei fortwährend: »Das ist deine Mutter … das ist deine Mutter!«

Mit einem Schlage sah er in ihr nichts anderes, als ein Weib, das seinem Vater die Treue gebrochen.

Über diesen Gedanken fiel er, und kam zur Besinnung. Es war ja gar nicht sein Vater. Das war ja der andere …

Und das kam ihm so komisch vor, dass er auflachte, denn die ganze Welt drehte sich um ihn wie eine große Lüge. Alles in ihm schien zusammenzubrechen. Und er suchte sich an einen Gedanken zu klammern, um nicht verrückt zu werden.

Sie erhob sich … sie – seine Mutter.

Es schien, als wolle sie den Mund öffnen, ihm etwas sagen, etwas erwidern. Sie griff um sich, schwankte, und dann wortlos mit dumpfem Laute wie ein Aufstöhnen, brach sie zusammen.

Da schrie er auf, als ob er den Tod vor sich sehe. –

Er wagte es nicht, sich ihr zu nähern, nicht sie anzurühren, wie sie da regungslos vor ihm auf dem Teppich lag.

Dann schrie er nach den Leuten, nach dem Mädchen.

Er riss die Türen auf und rief um Hilfe.

Aber niemand hörte ihn. –

Er eilte hinunter. Es schien, als sei das Haus ausgestorben. – – Endlich fand er die Köchin, und jagte sie hinauf. Dann kam das Hausmädchen und dann der Diener von der Apotheke zurück. Den schickte er sofort zum Arzt.

Inzwischen hatten die Mädchen sich um Anna bemüht und die Besinnungslose zu Bett gebracht.

Der Diener kam zurück mit dem Doktor.

Als der Arzt sie zu untersuchen anfing, schlug sie einen Augenblick die Augen auf, bewusstlos. Dann fiel sie in die Ohnmacht zurück.

Und nun brach das Fieber durch, das die letzten Tage schon in ihr gewühlt, das sie beständig mit der äußersten Willensanstrengung niedergekämpft hatte, um nicht zu unterliegen. Sie musste bei Verstande bleiben, sonst war es um sie alle geschehen. Sie musste handeln, damit sie nicht alle zugrunde gingen.

Aber sie war doch zu schwach gewesen. Nun lag sie und fantasierte, wirr und sinnlos, bald aufschreiend, dann wieder flüsternd, als ob sie ein krankes Kind besänftigen wolle.

Als der Arzt, ein alter Freund des Hauses, sich nach Willy umsah, fand er ihn im vordersten Zimmer im Dunkel sitzen. Er suchte ihn, der gleichgültig abgestumpft dasaß, zu beruhigen, dass er noch nichts feststellen könne, aber hoffe, dass es nur ein heftiges, hoffentlich schnell vorübergehendes Fieber sei.

Er fragte, ob Doktor Braun benachrichtigt sei.

Niemand hatte an ihn gedacht, und der Doktor selbst ging zu ihm hinauf, und fand ihn über seinen Zeitungen eingeschlafen. – –

Es hatte Willy nicht im Hause gelitten.

Er ging in den Garten hinaus, und irrte durch die verlassenen Wege.

Es war bitterlich kalt geworden, allein er fühlte die Kälte nicht. Barhäuptig, wie er war, ging er vor sich hin, ohne Gedanken, um die Rasenplätze, die Gebüsche; nur zuweilen griff seine Hand achtlos in die kahlen Zweige, an denen noch vereinzelte dürre Blätter zitterten, die er gedankenlos abriss und zu Boden warf.

Dann setzte er sich auf eine Bank, die unter einem Schutzdache an der Mauer vom Regen fast ganz verschont geblieben war, und vergrub das Gesicht in die aufgestützten Hände.

Vom Hause her drang zuweilen leises Geräusch zu ihm herüber, und durch die kahlen, schwarzen Äste sah er die erleuchteten Fenster, und er wusste dort hinter jenen Fenstern lag seine Mutter.

Es war also doch so ...

Er versuchte es, sich an alte Zeiten zu erinnern, die hinter ihm lagen; aber er vermochte es nicht.

Es war wie flutender Nebel, nach dem die Hand greifen will, und der vor uns gleich wieder zerrinnt.

Nur an die eben erlebte Szene konnte er denken, und er sah immer jenen angstvollen Blick des Entsetzens auf sich gerichtet.

Und es war seine Mutter! – Seine Mutter, die er über alles geliebt, die er fast angebetet hatte. –

Über den Gedanken kam er nicht hinweg.

Weshalb brach nicht alles um ihn zusammen? … Aber es änderte sich ringsum nichts. Es blieb alles beim Alten. Nur er selbst war ein anderer geworden. –

Er war aufgestanden, und aufstöhnend in seinem Schmerz, hatte er sich an einen Baum gelehnt, dessen feuchte glatte Rinde seine heißen Hände umklammerten.

Wie in sinnloser Wut schüttelte er jetzt den Stamm, um der Qual einen Ausweg zu schaffen, die ihn zu ersticken drohte.

Dann musste er über sich selbst lachen.

Was wollte er denn? …

Alles ging seinen ruhigen Gang weiter. Es war ja schon immer so gewesen, alles – alles. Seit Jahrzehnten war alles so, immer schon gewesen, nur nicht für ihn.

Er irrte wieder durch den Garten.

Am dunklen Abendhimmel jagten schwarze Wolken, als ob die graue Decke geborsten und zerrissen sei, und nun einzelne Fetzen vom Winde dahingetrieben wurden.

Durch eine Lücke brach der Mond.

Nur einen Augenblick. Dann verschwand er wieder.

Willy starrte zum Himmel auf. Dort hinter jener Wolke musste er jetzt stehen.

Langsam schob sich die breite Fläche vorüber, jetzt ward der Rand heller, dann brach das Licht aufs Neue durch. –

Und nun sah der Garten ganz anders aus.

Die dünnen Äste der Bäume und das feine Gewirr der Gebüsche zeichneten sich als schwarze Striche auf dem feuchten Boden ab, und wie eine gewaltige Silhouette gegen den hellen Himmel erhob sich die Villa, in die er noch immer nicht zurückzukehren wagte.

Er stand unter einer Kastanie und blickte zu den erleuchteten Fenstern hinauf, während seine nervös unruhigen Finger die kleinen morschen Zweige eines kahlen Strauches mit fieberhafter Hast zerbrachen.

Endlich hielt es ihn nicht länger und er verließ den Garten. –

Als er in das Haus eintrat, fand er drunten den Doktor, der ihm beruhigende Auskunft gab. Das Fieber schien harmloser zu sein, als er anfangs gefürchtet.

»Ich habe Ihren Vater benachrichtigt«, schloss der Doktor seine gutgemeinten Worte. »Wenn Sie selbst mal hinaufgehen wollen.«

Es durchzuckte ihn. Wie das klang: sein Vater!

Wieder diese Lüge, in der er sein ganzes Leben hingebracht hatte.

Was sollte er bei dem Kranken? Konnte er ihm ruhig gegenübertreten jetzt, wo er ihn mit ganz anderen Augen ansah? –

Er konnte nicht länger in diesem Hause bleiben; und dabei die Angst: wenn er nach ihm verlangte, musste er zu ihm gehn.

Und er schlich sich in sein Zimmer und holte sich Mantel und Hut. –

Dann irrte er durch die Nacht, mechanisch seinen Weg suchend, ohne zu wissen wohin er sich wandte.

So wenig achtete er auf den Weg, dass er hie und da an einen Stein stieß und zu fallen drohte.

Die Berliner Straße wurde umgepflastert, und er geriet einmal in den Teil der aufgerissen war, und er stürzte auf einen Steinhaufen nieder, dass er sich die Hand blutig schrammte.

Dann kam er unter dem Stadtbahnbogen durch, wo sich gerade zwei Züge kreuzten, und er sah den roten Lichtern nach, wie sie bei der Krümmung verschwanden.

So gelangte er in den Seepark, und ging am Ufer des neuen Sees hin, auf dessen totenstillem Wasser der bleiche Mondschein so breit lag, still und friedlich, als ob es in der Welt nichts gab, was ein Menschenherz bis in die dunkelsten Tiefen erschüttern konnte.

Er blieb stehen und strich sich über die Stirn, auf der kalter Schweiß stand.

Seine Mutter! ...

Seine Mutter, die er so abgöttisch verehrt hatte, die er unerreichbar für den Schmutz der Welt gehalten hatte – sie war nicht anders als andere Frauen.

Eine Frau, die ihren Mann betrogen hatte, seinen Vater. Und nicht minder der jähe Schreck: Es war ja gar nicht sein Vater! –

Er konnte diesen Gedanken nicht fassen, dass ein anderer, neben dem er achtlos hingelebt hatte, mehr Recht auf ihn haben sollte, als der Kranke.

Seit dem Tage, da er erfahren, dass der Professor seine Mutter einmal geliebt hatte, seitdem war eine unterdrückte Abneigung in ihm aufgestiegen, die zuweilen sich zum Hassgefühl steigerte.

Und nun sollte dieser Mann sein Vater sein! ...

Eine verzweiflungsvolle Wut bemächtigte sich seiner, dass er durch ihn seine Mutter für immer verloren hatte. Von seiner grenzenlosen Liebe war nichts mehr geblieben als ein unendliches Wehgefühl, wie sie ihm einst alles gewesen war, und nun all sein Glaube an sie zu Nichts geworden war.

So jählings überraschend war es gekommen, dass er sich noch immer nicht zu fassen vermochte, dass eine blinde Todessehnsucht ihn überkam, seiner Qual ein Ende zu machen.

Im Augenblicke fehlte ihm dazu die Energie.

Er empfand eine sinnlose Wollust, sich vorzureden, er sei wahnsinnig geworden, und alles sei eine Lüge. Aber dann wusste er wieder, dass es keine Lüge war.

Warum hatte er nicht weiter gelebt in der Lüge.

Wer hatte sie ihm geraubt? –

Ein Gefühl unendlicher Verlassenheit überkam ihn, als sei er mit einem Male ganz allein auf der Welt.

Rings um ihn rührte sich nichts.

Er setzte sich auf eine feuchte Bank, dicht am See, und biss die Zähne aufeinander, um nicht in diese totenhafte Stille seinen Schmerz hinauszuschreien. Und dann fand er endlich Tränen, und das erleichterte ihn. –

Die Kälte durchschüttelte ihn, und die Feuchtigkeit drang durch seine Kleider, dass er wieder weiterging.

Das starre Entsetzen, dieser versteinernde Schmerz war von ihm gewichen, und ein fast schmeichelndes Wehgefühl war an die Stelle getreten.

So verlor er sich wieder in die Irrgänge des Tiergartens, kam zuweilen von dem schmalen Wege ab, und lief gegen einen Baum, wenn der Mond von einer Wolke verschleiert war, und er sich tastend weiterfinden musste.

Zuletzt hatte er jede Richtung verloren. –

Über eine halbe Stunde irrte er umher, dann traf er auf das Friedrich-Wilhelm-Denkmal.

Von da an hielt er sich auf dem breiten Wege.

Als er an das Brandenburger Tor kam, war er versucht, wieder umzukehren.

Dann besann er sich und blieb stehen.

Was wollte er denn zu Hause. –

Er konnte heute nicht unter einem Dache mit der Mutter sein. Er hätte keinen Schlaf gefunden. Und dann hatte ihn der Arzt beruhigt, es sei ein harmloser Fieberanfall.

Er ging durch das Tor. –

Das grelle Licht tat seinen Augen weh, nachdem er so lange im tiefen Dunkel umhergeirrt war.

Von der Wache marschierte gerade die Ablösung fort. Er sah nach der Uhr. Es war elf geworden.

Wie sollte er die Nacht hinbringen.

Er entschloss sich, nach Hause zu gehen, und langsam dumpf brütend ging er durch die breite Wilhelmstraße, der Mauerstraße zu.

17.

Langsam tastete er sich die dunkle Treppe zu seiner Wohnung hinauf, mit dem Fuße gegen jede Stufe schlagend, während er sonst im tiefsten Dunkel mit unfehlbarer Sicherheit seinen Weg zu finden wusste.

Als er die Korridortür öffnete, sah er am Lichtschimmer, dass seine Wirtsleute noch wach waren.

Er vernahm ein Stimmengewirr, ohne dass er jedoch ein Wort verstehen konnte.

Dann suchte er im Zimmer nach Streichhölzern. Und da er sie nicht gleich fand, legte er im Dunkeln Hut und Rock ab, und ließ sich in einen Sessel fallen, indem er in die Finsternis starrte, die nur von einem schmalen Streifen des Mondlichtes erhellt wurde, dass er eben den Schreibtisch und das Bücherregal erkennen konnte.

Nebenan surrten beständig lachende Stimmen, ein unbestimmtes Geräusch, das ihn erregte und ärgerte.

Und dazwischen hörte er scharf und deutlich das Ticken der kleinen Stutzuhr mit ihrem regelmäßigen Schlage.

Endlich zündete er Licht an. Allein nun schien es, als ob die Gedanken, die ihm nicht aus dem Sinn gingen, Farbe bekamen, sie traten greller hervor.

Er ging, die Hände auf dem Rücken, auf und ab, bis er vor den Spiegel kam. Er blieb stehen, um sich zu betrachten.

Wie er aussah … Er erschrak vor sich selbst. –

Einmal blieb er vor dem Fenster stehen, dessen beide Flügel er weit geöffnet hatte, dass die feuchte kühle Nachtluft in das dumpfige Zimmer eindrang.

Er sog mit geöffnetem Munde diese schwere Nebelfeuchte ein.

Und plötzlich, grundlos, quoll es in ihm auf, dass er sich auf das Sofa warf und weinte, haltlos, fassungslos.

Er ertrug es nicht länger. Es war wie ein stechender körperlicher Schmerz.

Und dann, ohne zu denken, hatte er die untere Tür des Schreibtisches geöffnet und nahm einen flachen schwarzen Kasten heraus.

Am besten war es, ein Ende zu machen.

Die Mutter hatte sie ihm einst zum Geschenk gemacht. Das fiel ihm jetzt ein, als er die Waffe in die Hand nahm. Patronen lagen daneben im Kasten.

Er spannte den Hahn und spielte mit dem Abzugsbügel. Das harte Knacken des aufschlagenden Hahnes durchschauerte ihn.

Es rieselte kalt durch seine Adern, wie ein kleines prickelndes Stückchen Eis.

Dann setzte er die abgedrückte Waffe an die Stirn. Es war wie ein bohrender kalter Schmerz, etwas ungemein beruhigendes; aber er legte sie wieder in den Kasten und verschloss ihn.

Was gewann er denn damit?

Er hatte das ungewisse Gefühl, als ob er auch nach dem Tode nicht vergessen werde, als ob er auch dann weiter dulden müsste.

Er hatte keine Mutter mehr, nichts mehr im Leben.

Einen flüchtigen Augenblick dachte er an Mignon, dann war auch der Gedanke wieder ausgelöscht. Sie konnte ihm jetzt nichts sein.

Und mit einem Male fürchtete er sich, so allein im Zimmer zu sein. Er wusste, wenn er noch länger blieb, dann nahm er doch seine Zuflucht zur Kugel, nur um nicht mehr denken zu müssen.

Er wollte nicht unterliegen. Es war wie im Trotz, dass er sich an das Leben klammerte. –

Er schlich sich auf den Zehenspitzen hinaus, damit ihn die nebenan nicht hörten, die lachten und sangen und eben ein gläserklingendes Hoch ausgebracht hatten.

Aber man hörte ihn doch.

Als er sich die Treppe hinuntertasten wollte, wurde die Tür wieder geöffnet, ein breiter Lichtstrom quoll hervor, und eine Gestalt zeigte sich im Rahmen der Tür, Martha, die ihm nachrufen wollte. Allein er war schon die Treppe hinunter und die Tür schloss sich wieder. –

Er war auf der Straße. – Ein vor dem Hause patroullierender Schutzmann sah ihn scharf von der Seite an, denn es war Mitternacht vorbei.

Die Wolken hatten sich zerstreut, und leichteres flüchtiges Gewölk verdeckte für Augenblicke die blassgelbe Scheibe des Mondes.

Die Straßen waren feucht. Hie und da auf dem Asphalt unregelmäßige, trockene helle Flecke.

Willy schritt der Leipziger Straße zu, am Kaiserhof vorüber, bis zur böhmischen Kirche und nun die Friedrichstraße zurück bis zu den Linden.

In der Mitte der Allee ging er ein paarmal vom Tor bis zum Denkmal.

Er wollte sein Blut zur Ruhe zwingen. –

Als er wieder am Café Bauer vorüberkam, blieb er stehen und blickte in das grelle Licht, das ihm aus den großen Scheiben entgegenstrahlte.

Dann, wie angezogen von dem Licht, ging er hinüber.

Die Türen wurden vor ihm aufgerissen, und er trat ein. Man nahm ihm Hut und Überzieher ab, und in eine Ecke setzte er sich, an einen der kleinen runden Marmortische.

»Befehlen, bitte?«

Er antwortete nicht. Er hörte gar nicht, dass man ihn um etwas fragte.

»Schwarz, bitte?«

Und dann, ohne länger auf eine Antwort zu warten, brachte man ihm den Café.

Er sah über diese lustig schwatzende, rauchende Menge hin, dieses Wogen der Köpfe, dieses Ein- und Ausfluten, das Hin- und Hereilen der Kellner, Rufen und Winken. Und es bereitete ihm ein grausames Vergnügen, mit seinem Weh unter all diesen gleichgültigen Menschen zu sitzen, die ihn nichts angingen, die nichts von ihm wussten, noch wissen wollten.

Er hörte sie lachen und lärmen, und saß selbst stumpf und reglos da, wie geistesabwesend. –

Einmal nahm ein biederer alter Herr an seinem Tische Platz und beobachtete ihn. Er hatte ihm freundlich Guten Abend gewünscht, ohne dass Willy geantwortet hatte.

Und jetzt der Gedanke: Wenn er diesem Herrn, den er nie gesehen hatte, vielleicht nie wiedersehen würde, seine Geschichte von heut erzählen würde? –

Das Gesicht, das der machen würde! – Er hielt ihn dann gewiss für wahnsinnig. –

Er war nahe daran, den Gedanken, der ihn nicht wieder verließ, auszuführen, als der Herr zahlte und ging.

Nun saß er wieder allein da. –

Um ihn her wechselten die Gäste, immer neue, die ihn nicht beachteten. Er saß noch immer vor der vollen Tasse, die er nicht berührt hatte.

Dann rüttelte er sich aus seinem Brüten auf.

Er stand auf, und ein Kellner half ihm in den Rock. Dann fiel ihm ein, dass er auch noch zahlen musste.

Wie ein Nachtwandler, ohne ein Gesicht erkennen zu können, ging er zwischen den Tischen hindurch.

Er war wie trunken, und ein paarmal geriet er in Gefahr, von einer Droschke überfahren zu werden.

Endlich wurde er durch das Umherlaufen todmüde und er kehrte um. Allein er war ganz in den Nordosten der Stadt gekommen und hatte Mühe, sich wieder in bekannte Gegend zurecht zu finden.

Zu Haus legte er sich, ohne Licht anzuzünden, nieder, allein sein Blut schlug so wild, und erst nach stundenlangem unruhigem Herum-

wälzen verfiel er in einen fieberhaften, oft unterbrochenen Traum-
schlaf. –

Als er erwachte war es heller Tag.

Allein seine Gedanken waren noch nicht aufgerüttelt, und erst nach
geraumer Zeit hatte er alle Erinnerungen wieder beieinander, und das
jagte ihn aus seiner Schläfrigkeit.

Jählings, wie unerwartet kam ihm die Wirklichkeit.

Am liebsten wäre er liegen geblieben, um mit keinem Menschen in
Berührung zu kommen.

Hätte doch sein Schlaf fortgedauert, ohne Ende, ohne Erwachen ...

Wie grausam das alles aussah im fahlen Lichte des nüchternen
Morgens.

Er hatte nur immer an sein Verhältnis zur Mutter gedacht.

Und Mignon? –

Sie war die Tochter Petris ... seine Schwester!

Und er hatte sie zu lieben geglaubt ...

Wenn er jetzt nachdachte, so war es nicht anders wie früher. Er
liebte sie, seine Schwester.

War denn alles, alles eine Lüge?

Nichts – nichts hatte ihm je gesagt, dass sie seine Schwester sei. Er
hatte ihre Schönheit geliebt, ihre Anmut. Sie hatte in seinen Armen
gelegen, und er hatte sie geküsst ...

Er hatte eine Mutter und eine Geliebte verloren, um eine Schwester
zu finden.

Er hatte also doch noch ein Wesen auf der Erde, das ihm nahestand,
nach dem er sich sehnte; seine Schwester! – Aber jetzt konnte er sich
noch nicht in den Gedanken finden.

Anfangs hatte er selbst nach Charlottenburg hinausgehen wollen.
Dann sandte er einen Boten, um Nachricht zu erhalten.

Das Fieber hatte nicht nachgelassen, und die Mutter war noch nicht
zum Bewusstsein gekommen.

Mignon war bei der Kranken, und ließ ihn bitten, sobald als möglich
herauszukommen. Auch sein Vater verlange nach ihm.

Und wieder dieses Wort: Sein Vater! ...

Er brachte es nicht fertig, jetzt hinauszugehen, es war ihm unmöglich.

Er versuchte, seiner gewohnten Arbeit nachzugehn, um seine Gedanken abzulenken, aber er vermochte es nicht. –

Als er am Nachmittage in seine Wohnung kam, fand er eine Karte Mignons vor, die ihn beschwor, zu kommen.

Weshalb er gestern fortgegangen sei, weshalb er sich heute nicht sehen lasse? –

Einmal musste er der Mutter ja doch wieder entgegentreten. Mehrmals war er im Begriff fortzugehen, wenn er daran dachte, dass die Mutter krank und hilflos dalag.

Mochten sie denken, was sie wollten; er konnte es nicht.

So ward es Abend. –

Die Dämmerung brach ein, und es war kalt geworden. Der Frost des Morgens hatte die Feuchtigkeit aufgesogen, und Eiskristalle gebildet, die nur vor der Nähe der Menschen und dem aus den Häusern strömenden warmen Dunst wegtauten.

Die Luft hing schneidend kalt, frostrein. Die grauen Wolken am Himmel waren weißem Schneegewölk gewichen.

Willy lehnte an dem warmen Ofen, während in den Ecken schon völlige Dunkelheit lag.

Er stand mit dem Rücken gegen den großmächtigen weißen Kachelofen gelehnt, der ihn so behaglich durchwärmte.

Es klopfte, und schreckte ihn aus seinen Gedanken.

Er glaubte, es sei seine Wirtin und rief achtlos: »Herein!«

Mignon stand auf der Schwelle. –

Im grauen Mantel, ein schon winterliches Barrett auf dem Kopfe, aber ohne Schleier, blieb sie einen Augenblick in der Tür stehen.

»Mignon!«

Und ehe er es wehren konnte, war sie auf ihn zugeeilt und lag an seiner Brust, indem sie die Arme fest um seinen Hals kettete, dass er sich nicht freimachen konnte.

Als er ihr Gesicht sah, flüchtete der Gedanke, dass sie etwas wisse.

Als er versuchte, sich freizumachen und sich abkehrte, fragte sie voll Bangen:

»Will – was ist?«

Er antwortete nicht.

Sie fasste mit beiden Händen nach seiner Schulter, aber er unterbrach sie:

»Was willst du hier?«

Und sie vergaß sich selbst und ihre Angst:

»Will, deine Mama verlangt nach dir.«

Er schüttelte den Kopf.

»Aber Will. Der Doktor ist in Unruhe. Ich glaube, er hat seine anfängliche Hoffnung verloren. Er sagt nichts Bestimmtes, aber ich höre es heraus, aus all seinen Worten. – Deine Mutter ruft dich, und du stehst hier und bedenkst dich? – Nein Will, was sie uns auch Böses getan hat, das darfst du nicht … Will, um alles in der Welt, so sprich doch. – Was ist denn?«

Er suchte sich von ihr abzukehren.

»Will, du hörst nicht auf mich. Du hast mich nicht mehr lieb!«

»Doch Mignon, doch …«

Sie klammerte sich an ihn und bat:

»Du liebst mich nicht mehr! – Was ist geschehen? Ich bitte dich, sag mir alles …«

Was sollte er ihr sagen? Wie ihr die Wahrheit beibringen?

Und sie suchte seinen Kopf an sich zu ziehen, und jetzt, da sie fühlte, dass ihn irgendetwas ihr entfremdet hatte, fing sie an zu flehen; und in dem aufdämmernden Gefühle von einem Ereignis, das sie selbst bedrohte, suchte sie ihr Angstgefühl in Liebkosungen zu vergessen.

Sie ahnte nicht, dass sie durch ihre Leidenschaftlichkeit, der sie völlig freien Lauf ließ, ihm grausame Qualen bereitete.

Sie fühlte den Widerstand, und wie gebrochen gab sie es auf. Sie erreichte doch nichts für sich. Aber sie bat für seine Mutter.

Und gemartert von ihrer Liebe, von ihren Bitten, gab er endlich nach, nur um Ruhe zu finden, um diesen schrecklichen Zustand nicht länger ertragen zu müssen. –

18.

Mit dem Sinken der Sonne war ein dichter grauer Nebel eingebrochen, der alle Gegenstände mit seinen flutenden Schleiern umhüllte, dass die Flammen der Laternen von einem breiten regenbogenfarbigen Schleier umgeben waren.

Es war frierend kalt geworden, und der Nebel schlug sich in seinen Eiskristallen auf allen Gegenständen nieder, sodass die Bäume und Sträuche des Tiergartens im weißen Reifschmucke prangten.

Willy fuhr mit Mignon nach Charlottenburg hinaus. Auf der ganzen Fahrt sprach keiner von ihnen ein Wort. Zuweilen nur griff sie nach seiner Hand, die er ihr willenlos ließ und ihr durch einen leichten Druck dankte.

Jeder von ihnen war mit seinen eigenen trüben Gedanken beschäftigt.

Als sie vor dem Garten der Sophienstraße standen, zauderte Willy einen Augenblick, als wolle er noch jetzt wieder umkehren.

Mignon ging voran und er folgte ihr.

Er hatte sie gebeten, bei ihm zu bleiben, und sie führte ihn zu seiner Mutter. –

Frau Anna lag noch immer im Fieber. Am Nachmittage war sie eine halbe Stunde zum Bewusstsein gekommen und hatte Mignon angefleht, Willy aufzusuchen.

Gegen Abend war sie wieder besinnungslos geworden und hatte heftiger gefiebert als zuvor.

Jetzt warf sie sich unruhig.

Sie hatten die Wärterin fortgeschickt und waren allein mit der Kranken, die undeutlich im heftigsten Fieberschauer murmelte.

Mignon bat ihn, dass er näher kam.

Er empfand fast Grauen vor ihr, und erst als Mignon ihm erzählte, in welch fürchterlicher Angst die Mutter gewesen sei, dass sie sterben könne, ehe er ihr vergeben habe, ehe sie noch einmal ein Wort miteinander gesprochen hatten, – traute er sich nach ihrer Hand zu fassen, die sie mit tastenden Fingern krampfhaft umschloss.

Er fühlte diese heiße Hand in der seinen, und nun war ihm das Recht genommen, sie noch zu verdammen.

Er kehrte sich zu Mignon um, er wollte sich der Schwester vertrauen, als der Diener kam mit der Bitte von Doktor Braun, er möge zu ihm kommen.

Dann riefen sie die Wärterin zurück, und er brachte Mignon in den Garten. –

Das Herz schlug ihm, als er zu dem Manne emporstieg, der ihm bis gestern als sein Vater gegolten hatte.

Ängstlich wartend saß der Kranke in seinem Stuhle, mit bleichem, eingefallenem Gesichte; seine mageren durchsichtigen Finger irrten unruhig spielend auf der Decke, die über seine Knie gebreitet war.

Als Willy eintrat, flog ein Lächeln der Erlösung über das abgehärmte Gesicht, und er ließ die Hand nicht los, die ihm Willy mit rascher Überwindung hingestreckt hatte.

Er musste sich neben ihn setzen, und er zog ihn an sich, während er ängstlich nach der Mutter forschte.

Ahnungslos saß der Ärmste da, wie angefesselt. Und nun fiel es Willy wie eine untilgbare Schuld auf das Gewissen.

Er hatte ihn nie besonders geliebt, sein Leben hatte einzig der Mutter gehört. Erst jetzt, wo er ihn verloren hatte, keimte eine opferwillige Kindesliebe in ihm auf, die ihn alles vergessen ließ. Der Schmerz brachte sie einander nahe, wie zwei gute Freunde.

Wie er um die Mutter bangte und sorgte.

All die verschlossene Liebe, die er je für sein Weib empfunden hatte, kam ihm auf die Lippen.

Willy saß neben ihm und musste das mitanhören, jeden Augenblick im Begriff aufzuspringen, um hinaus zu stürzen, weil die Qual unerträglich ward.

Der Kranke hielt ihn an der Hand, zog ihn näher zu sich heran und erzählte von vergangenen Tagen.

Es war, als ob er sein Herz ausschütten musste.

Er erzählte ihm, wie er Anna zum ersten Male gesehen hatte, alle Einzelheiten peinlich genau, bis auf das Kleid, das sie an dem Tage getragen hatte.

An Liebe hatte er nicht gedacht, ganz mit seinem Studium beschäftigt, einzig mit der festen Absicht, sich einen Namen zu machen.

Da war ihm Anna begegnet, und er hatte von dem Augenblicke an nur den einen Gedanken gehegt, sie um jeden Preis der Welt zu erringen.

Anfangs schien es, als ob sie ihn gern sah, dann, als sie über sein Gefühl nicht mehr im Unklaren sein konnte, setzte sie ihm eine höfliche, aber ruhige Abwehr entgegen.

Und dann plötzlich war der Umschlag eingetreten; sie hörte seine Werbung an, aber sie entschied sich noch nicht.

Sie schien zurückhaltend, zaudernd, wie ungewiss über sich selbst; und dann, als er die entscheidende Frage stellte, sagte sie ja.

Er erzählte im Eifer, sein Herz auszuschütten, von seinen Reisen, aus der ersten Zeit ihrer Ehe.

Anna war anfangs überaus nervös gewesen, dann war Reinhold Petri aus Paris zurückgekehrt, er hatte ihn kennengelernt, und nun hatten sie so vieles gemeinsam unternommen.

Endlich im zweiten Jahre ihrer Ehe war Willy geboren. –

Und der Kranke redete immer weiter, ohne zu sehen, wie bleich Willy war, wie er die Nägel in die Innenfläche der Hand krallte, um nur ruhig zu bleiben.

Er forschte und fragte immer aufs Neue, was der Arzt gesagt habe.

Ein herzzerreißendes Mitgefühl bemächtigte sich Willys. Er konnte es nicht länger ertragen, die Mutter aus diesem Munde wie einen Engel gepriesen zu sehen.

Und er rettete sich endlich. –

Er schloss sich in sein Zimmer ein, um über diese Qual fortzukommen. Jetzt erst wusste er, was sie dem Kranken gewesen war. Dass er all seine Leiden ruhig und geduldig ertrug, weil sie in seiner Nähe war.

Aber er hatte nicht mehr die Kraft, sie anzuklagen und zu verdammen.

Seit er sie hatte daliegen sehen, so verändert, bleich und abgezehrt, gealtert um mehr als zehn Jahre; seit er den wühlenden Schmerz in ihrem zusammengezogenen Gesicht, in den verkniffenen Lippen gesehen hatte, wagte er es nicht mehr, sie zu verachten, wie er gestern getan hatte.

Aber eine Erbitterung ohnegleichen hatte sich seiner gegen Reinhold Petri bemächtigt. Er hasste ihn, denn er allein war in seinen Augen der Schuldige.

Einen Augenblick lang kam ihm der Gedanke, ihm gegenüberzutreten – dann das lähmende Bewusstsein: Es war sein Vater, dem er das Leben verdankte, das er jetzt am liebsten von sich geworfen hätte.

Er ging in den Garten hinab, weil es ihn im Hause nicht duldete. – Der Nebel war zerflattert und der Himmel sternklar.

Nur am Horizonte flüchtige Schneewolken.

Der Mond stand im dritten Viertel.

Er schien nicht wie sonst am Himmel zu kleben, er schwebte wie eine dünne Scheibe frei in der kalten Luft, ohne Strahl, bleich und melancholisch.

Die Rutenzweige der Gebüsche und die tastenden Äste der Bäume waren mit gläsernem Sinter überzogen, schneeweiße Kristalle mit spitzen scharfen Eisnadeln.

Der Sand knirschte hart unter den Füßen des langsam dahinwandelnden.

Zuweilen brach ein trockener Zweig, oder ein welkes am Boden treibendes Blatt, das vom Froste gedörrt und mit Reif überzogen war, zerkrümelte sich unter seinen Schritten.

Langsam zog jetzt eine blendende Schneewolke am Monde vorbei und verdeckte die Silberfunken der scharf umrissenen Sterne mit ihren blinkenden wechselnden Lichtern.

Dunkel hoben sich vom Himmel die gewaltigen Rechtecke der Häuser ab. Nur auf den Dächern lag der bleiche Mondschein.

Willy achtete der Kälte nicht und nicht der ruckweisen Stöße des schneidenden Nachtwindes, ein tief bis in die Knochen durchschauernder Lufthauch. –

Jetzt gellte durch die tiefe nächtliche Stille der ferne schrille Pfiff eines Zuges. Er musste vom Charlottenburger Bahnhof herüberkommen.

Und jetzt antwortete das langgezogene Geheul eines Hundes in einer der nahegelegenen Tonwarenfabriken.

Ein klagendes, endloses Geheul, wie ein jammerndes Gewinsel, dem ein wildes, abgerissenes Kläffen folgte.

Dann wieder die alte Stille, durch nichts unterbrochen als den leis knirschenden Schritt des einsamen Wanderers, der sich noch immer nicht entschließen konnte, in das Haus zurückzukehren, der zuweilen stehen blieb und hinaufschaute zu dem frostigen Himmel, wo die tausend Sternfunken standen, und die blasse Mondscheibe in dem tiefen Dunkelblau zwischen federleichtem Gewölk schwamm. –

Ein morscher Zweig brach und fiel zwischen den Ästen herab, hie und da einen kleineren abbrechend; und ein feines fast unmerkliches Schneegeriesel folgte ihm nach, stäubend wie Silberpulver.

Die Kälte der Nacht strich um sein Gesicht.

Er schauerte zusammen. –

Er war jetzt ganz ruhig geworden, als ob der Schmerz in ihm gestorben sei; und langsam verließ er den Garten, in dem jetzt der Mond Alleinherrscher war, und trat in das Haus, wo seine Mutter im Fieber lag ...

Es war ja noch immer seine Mutter. –

19.

Es war im Hause leblos still, wie draußen im nächtlichen Garten.

Nichts regte sich. –

Nur die Gasflammen in dem großen säulengestützten Vestibül surrten mit leise vibrierendem Geräusche, und flackerten in ihren mattgeschliffenen Schalen hin und her, dass an den mit Amoretten bemalten statuengeschmückten Wänden seltsame Lichtreflexe hinhuschten.

Langsam durch die Zimmerflucht suchte er das Krankenzimmer der Mutter.

Überall brannten mit mattem Lichte tiefverhängte Lampen.

Trotz der weichen Teppiche trat er vorsichtig auf.

Die Türen waren nur angelehnt.

In dem an das Schlafzimmer grenzenden Wohnraum glimmte in dem großen offenen Kamine ein Holzfeuer, das zu erlöschen drohte. Nur ein dickes halbverkohltes Buchenscheit sprühte und schwelte noch.

Er legte frische Späne auf, und die Flamme züngelte an ihnen empor, dass die ausgetrockneten Holzstücke in der erwachenden Glut knisterten und knackten.

Zuweilen sprang ein Ast mit scharfem Knall, und die Scheite brachen in sich zusammen, dass Willy erschreckt auffuhr, voll Sorge, es könne die Kranke stören.

Er trat an die halboffene Tür und lauschte.

Nichts regte sich. –

Dann trat er langsam vorsichtig ein.

Die Kranke bewegte sich einen kurzen Moment unruhig bei seinem Nahen.

Die Wärterin nickte in ihrem Sessel.

Im ersten Augenblicke wollte er sie wecken und zur Rede stellen. Allein dann erinnerte er sich, dass ihm Mignon gesagt, wie sie mit ihr die ganze vorige Nacht ununterbrochen gewacht hatte; und er ließ sie schlafen.

Zögernd beugte er sich über die Mutter.

Allein es tanzte alles vor seinen Augen, die sich an die schleierhafte Dämmerung noch nicht gewöhnt hatten.

Er legte ihr die Decke, die sich verschoben hatte, wieder zurecht und ging dann in das Vorzimmer zurück, wo er einst den Brief gefunden hatte, den ersten Anlass all seines Argwohns.

Und wo er dann die Bestätigung erhalten, die grausame Gewissheit, die ihm alle Ruhe geraubt und sein Leben zerstört hatte.

Der kleine Raum erfüllte ihn mit Grauen.

Allein er blieb, um dieses Gefühl zu bannen. –

Er setzte sich neben den zierlichen Schreibtisch und ließ den Blick nicht von den schmalen Fächern, in denen all diese Briefe liegen mussten, die Briefe, in denen sie erst neulich wieder gelesen hatte, als er so jäh in das Zimmer gekommen war.

Sie hatte die Klappe des Schreibtisches verschlossen, so wie die Schriftstücke wild durcheinander dalagen. Und er wusste, dass sie den Schlüssel dazu auf der Brust trug.

Seitdem war hier alles so geblieben. –

Hinter diesem dünnen Brette lagen die Briefe.

Er tastete mit zitternden Fingern an dem kleinen Schlüsselloche. Es war ein grausamer Genuss für ihn.

Allein dann bezwang er sich. Wenn er sie nun auch erhielt, was konnten sie ihm noch Neues sagen.

Er wandte sich ab, und zog sich einen Stuhl vor das Feuer, um dem Spiele der Flammen zuzusehen.

Wie die spitzen Flämmchen an dem Holze emporleckten mit ihren gelben und blutroten Zungen.

Wie das knisterte und knackte; wie das schneeweiße Buchenholz erst von einem Flammenmantel eingehüllt und dann zu brennender Glut ward; dann die schwarze Kohle aufs Neue vom Feuer erfasst wurde, und zuletzt nur federleichte grauweiße Asche zurückblieb, die vor jedem Atemzuge zerstäubte.

Er starrte solange in die weiße Glut, bis ihm Tränen in die wehen Augen kamen.

Dann stand er auf und ging auf und ab, vom Boudoir in den Vordersalon, und dann durch beide Zimmer zurück, bis an die Tür des Krankenzimmers, wo er stehen blieb und mit verhaltenem Atem lauschte.

Als er eintrat, fand er die Wärterin, wie sie sich auf die Seite gelegt hatte, in unbequemer Lage.

Er weckte sie. –

In ihrem Schreck wollte sie sich laut und hastig entschuldigen, dass er ihr zuwinken musste, zu schweigen. Dann schickte er sie fort. Er wollte inzwischen wachen. Sie konnte ein paar Stunden ausruhen, um ihn dann wieder abzulösen.

Sie wiederholte ihm noch einmal die Anordnungen des Arztes und ließ ihn allein mit seiner Mutter ...

Er setzte sich neben das Bett hin und beobachtete sie in ihrem Fieberschlummer.

Als er nach ihrer Hand griff, fand er sie heißer als zuvor.

Und dann ganz langsam tastend glitt seine Hand über ihre Stirn und blieb darauf liegen.

Sie seufzte wie voller Erleichterung tief auf, und ihr Atem ging ruhiger und langsamer.

Wie bleich sie war. – Die Wangen eingesunken, dass die Züge scharf hervortraten; und die tiefliegenden heißen Augen verliehen dem Gesichte ein ganz fremdes Aussehen.

Nichts mehr von der schönen Frau, die trotz ihrer vierzig Jahre so jugendlich aussah; nur eine hilflose, arme Kranke, deren Anblick Mitleid heischte.

Unruhiger warf sie sich jetzt, und wirre zusammenhangslose Worte kamen ihr auf die Lippen.

Willy stand auf, drehte den Schirm der Lampe, dass das Bett völlig im Dunkel lag und trat ans Fenster.

Wie friedlich die Natur dalag, still und regungslos.

Überall nächtlicher Frieden. Nur in die Brust des Menschen kam die Ruhe nie.

Pochte doch das Herz immerwährend, ruhelos, Tag und Nacht, wie eine ewige Mahnung. –

Als er sich dem Zimmer wieder zuwandte, war die Mutter erwacht.

Sie hatte sich halb aufgerichtet und blickte ihn mit angsterfüllten Augen an.

Er blieb am Fenster stehen, und da – ganz leise – rief sie ihn, – leise flehend beim Namen.

Der ganze Jammer einer gequälten Menschenseele lag in dem einen Worte; und er eilte an ihr Lager und presste ihre zitternde Hand gegen seine Augen, um den Tränen zu wehren.

Und sie zog ihn an sich und flüsterte:

»Armer Junge! … Mein armer – armer Junge …«

Dann ließ sie den Kopf auf seine Schulter sinken, und er fühlte ihre fiebernde Wange heiß an der seinen.

Sie strich mit der Hand über sein Gesicht mit bebenden, suchenden Fingern.

»Mein armes Kind …!«

Und nun fühlte er ihre Tränen auf seinen Wangen, und alles, was noch an Groll und Unmut in ihm schlummerte, wich vor diesen Tränen.

»Verzeih mir, mein Junge«, bat sie, »verzeih mir. – Du weißt ja nicht, wie das alles gekommen ist.«

Und leise flüsterte sie, wie im Fiebertraum:

»Hüte dich vor der Liebe, hüte dich! … Wenn ich dich nur schützen könnte. – Mich hat niemand gehütet, niemand mich gewarnt, niemand! … Und die klugen Menschen mit ihren Schwüren und Vorsätzen, und ihren Geboten – es hilft ja alles nichts, kein Schwören und kein

Wille, und wenn er riesenstark ist. Man kann nicht anders. – Es hilft zu nichts, es hilft nichts. Denn es ist das Glück, das lockt und zerrt und zieht, und hinter einem Elend und Verzweiflung; und so wirft man sein Leben hin für eine einzige Minute des Glücks. – – Ich hatte ihn ja geliebt, immer nur ihn. Ja, mein Junge, nur ihn, der dein Vater ist, vor Gott und vor mir. Damals – siehst du – damals war er fern, und sie alle drängten mich. Ich schrieb ihm, er solle kommen, er solle mir helfen. Aber er half nicht, er kam nicht, – und da hatte der Trotz Gewalt über mich, und ich verschenkte mich. – Ich durfte es nicht, denn ich gehörte ihm. Und als er dann wiederkam und sah, dass all das andere nur eine Lüge war, eine jämmerliche feige Lüge, da nahm er sich sein Recht. Und ich hatte keine Kraft ihm zu wehren; ich war machtlos, denn ich war sein Geschöpf. Damals war er mein Herr, und ich konnte nicht anders, und niemand war da, der mir helfen konnte, niemand ahnte meinen Jammer. Ich wollte ja halten, was ich versprochen hatte; aber ich allein konnte es nicht. Und dann war es zu spät. – – Ich bitte dich, gib mir zu trinken, bitte ...«

Er löste sich aus ihrem Arm und bot ihr zu trinken.

»Meine Kehle ist so trocken, und das brennt so. Aber jetzt geht es besser ... viel besser, – komm wieder her zu mir. Es ist mir ganz leicht, wenn du bei mir bist, wo ich dich wiederhabe. – Du wolltest fort, ich weiß es, du wolltest fort, – aber das darfst du nicht, du darfst nicht! ... Verlass mich nicht, ich bitte dich, verlass mich doch nur nicht. Sag mir nur das eine, dass du mir nicht zürnst. Vergib mir, Willy, vergib mir! – Sag es mir doch, dass du deine Mutter nicht verachtest, sag es mir, dass du mir verzeihst.«

Er konnte ihr nicht antworten; aber er zog sie in seine Arme, und indem sie sich an ihn klammerte, beruhigte sie sich.

Mit zitternden Fingern tastete sie an seinen Kleidern herum, um sich von seiner Gegenwart zu überzeugen.

Dann lehnte sie sich an ihn und schloss die Augen, und zwischen den Wimpern durch quoll langsam schwer Träne um Träne.

Diesem stummen Jammer gegenüber hatte er keine Macht mehr.

Und nun bat sie weiter:

»Du darfst auch ihn nicht hassen. Du bist ja noch so jung, Will. Du kennst das Leben nicht. – Ich habe dir alles Böse fernhalten wollen. Du solltest nur das Gute kennenlernen. Jetzt weiß ich, dass es ein

Irrtum war. Urteile nicht rasch. Du darfst es nicht. – Wenn du wüsstest, was ich zu ertragen gehabt habe, wie wir beide geduldet haben. Du kannst es nicht ahnen … Wie habe ich gekämpft, wie mich gesträubt, und gerungen. Ich wollte nicht unterliegen, um keinen Preis. – Aber es half alles nichts. Ich trug ja die Gewissheit in mir, dass ich einmal unterliegen musste. Wie sollte ich da stark sein. Und er, der mich halten sollte, war gleich mir von ihm bezaubert und gefangen. Und er zog ihn an sich als Freund. – Da ließ ich alles gehn, wie es wollte. Wie konnte ich mit der alten unausrottbaren Liebe im Herzen, gehalten nur durch ein Wort, das ich im Unmut, in kindischer Eitelkeit, in der Laune eines unglücklichen Augenblickes gegeben, kämpfen gegen all die Verführungen, die sich uns täglich, stündlich boten, die lockten und lockten. – – Jedes kleinste Wort, jeder Blick, seine Gegenwart allein schon raubten mir alle Fassung. Wir brauchten uns nur die Hände zu reichen, und ich war in seiner Gewalt. – Einmal wollte ich meinem Leben ein Ende machen, um nicht zu unterliegen. Dann – dann wollte ich vor dem Tode ein einzig Mal wissen, was Glück sei, – und dann hatte ich den Mut nicht mehr. Ich konnte nicht sterben – ich hatte das Leben zu lieb. – Ich habe das Leben so lieb, und ich fürchte mich so … ich will nicht sterben … nur nicht sterben …!«

Sie bäumte sich in seinen Armen, als ob Todesangst sie packte und schüttelte.

Willy gab ihr zu trinken, und sie beruhigte sich wieder, indem sie das wirre Haar aus der Stirn strich.

»Ich wurde ja gezwungen, mit ihm allein zu sein, gegen meinen Willen. Ich saß ihm zu einer Büste für … für Hermann. Er wollte es, er wollte von ihm ein Bild von mir haben. Stundenlang mit ihm allein! … Und ich war so schwach – so schwach. – Nein, Will, nein, er hat nicht die größte Schuld; denn er wollte mich schon vorher losreißen, und dann nachher wollte er mich fast zwingen, ich sollte meinen Mann lassen … eine Scheidung! – Aber das konnte ich nicht, das brachte ich nicht über das Herz. Ich konnte ihn nicht allein lassen, der kein Auge hatte für meine Qualen, weil er alles zu tun glaubte, um mir mein Leben glücklich zu gestalten, der nur für mich lebte, dessen ganze Arbeit nur darauf ausging, mich reich zu machen, damit ich mir keinen Wunsch zu versagen brauchte; dessen einzige Hoffnung in dieser Welt ich war. Ich weiß es, ich habe es immer gewusst, aber vom ersten Tage an habe ich es ihm mit keinem Worte, keiner Miene eingestanden. – Dann wurdest du geboren, und nun ging der Kampf von Neuem an. Du solltest deinen Vater haben, – aber ich fürchtete mich. Ich fürchtete mich vor ihm, der dafür galt, – vor der Welt und ihrem Urteil. Sollte ich mich selbst brandmarken und auch die Schande über dich beschwören? – Das war zu viel verlangt. – Und er, der dich für sein Kind hielt, liebte dich mit einer Innigkeit, einer Freude, die mir schon den Gedanken an eine Trennung unmöglich machte. Nein, nein, ich konnte ihn nicht aus seiner Täuschung reißen. Ich flehte um Geduld, ich schob die Entscheidung hinaus, von Monat zu Monat, von Jahr zu Jahr. Und dann eines Tages das Grässliche, – sie brachten mir den Gatten wie ein hilfloses Kind. Und ich wusste, das war um mich geschehen, einzig um mich! Jetzt war ich für immer an ihn gekettet, jetzt gab es nichts mehr, was mich von ihm hätte trennen können ...«

Sie machte eine lange Pause und schloss die Augen, denn dieses abgerissene erregte Sprechen erschöpfte sie.

Es strengte sie an, dass sie den Atem verlor.

»Nicht wahr, nun konnte, nun durfte ich nicht mehr. Ich konnte dir deinen Vater nicht geben. – Und so mussten wir weiterleben mit der Lüge, ewig mit der Lüge. Das war die Strafe. Der Gatte für alle Zeit ein Krüppel, und ich an ihn gefesselt ... Aber ich habe meine Pflicht getan, ohne ein Wort; und um all diese Demütigung, um diese jahrzehntelange Qual, all diese durchwachten und durchweinten Nächte muss mir verziehen werden – sag, dass du es tust ... Will, sag es mir ...«

Er schwieg und lehnte das Gesicht an ihre Schulter, erschüttert von dem Klange ihrer gebrochenen Stimme, entwaffnet von ihrer Demütigung vor ihm.

»Nein – sag es mir! – Du musst es mir sagen. O diese Stunden der Verzweiflung, in denen ich mir hundertmal den Tod gewünscht habe! ... Aber ich kann nicht eher sterben – nicht eher – als bis du mir vergeben hast. Sag es mir doch, dass du mich nicht verachtest.«

»Mama!«

»Will, – mein Will ...!«

Sie wurde ruhig wie Kind, dem man einen Wunsch erfüllt hat, und ein zufriedenes Lächeln lag um ihren Lippen. Sie griff nach seiner

Hand, und dann legte sie sich tief in die Kissen zurück, als müsse sie diesen Laut, in dem alle Verzeihung für sie lag, tief in ihr Innerstes einsaugen.

Endlich richtete sie sich halb auf und bat:

»Küsse mich!«

Er küsste sie, denn er hatte ihr vergeben.

Zum ersten Male sah er sie schwach, sah er all ihre Liebe ihre Leidenschaft, aber auch all ihr Elend. –

Es war ganz still geworden im Zimmer.

Nur nebenan sprühte leise knisternd das Feuer.

Lange, lange Zeit lag sie da, mit halbgeöffneten Augen zur Decke starrend.

Dann umschloss sie seine Hand fester, während das Fieber wieder Gewalt über sie bekam.

»Will, versprich mir eins.«

»Was denn, Mama?«

»Dass er nie etwas ahnt – Will – nie, niemals! Hörst du, niemals. Du weißt ja nicht, wie lieb er dich hat.«

»Ja, Mama!«

»Siehst du, er würde ja zugleich dich und mich verlieren. Willst du ihn immer lieb behalten? – Er ist ja in all den Jahren wie dein Vater gewesen.«

»Ja, Mama!«

Sie küsste ihm die Hand, mit der er sie umfassen wollte, dass er sich neben dem Lager niederwarf, den Kopf in die Kissen vergrub und weinte.

Sie streichelte immerwährend, mechanisch sein Haar, und eine süße Beruhigung der Sicherheit überkam sie.

Nun war das bange Geheimnis ihres Lebens abgewälzt, und sie empfand ein Glücksgefühl, wie sie es nie gekannt hatte; lind und schmeichelnd wie ein weicher kosender Traum, als ob sie von spielenden Wogen leicht getragen und gewiegt würde.

Da schreckte sie ein Gedanke auf, riss sie noch einmal aus dem Fieberwahn, in den sie aufs Neue zu versinken drohte.

Angstvoll sah sie ihn an, und dann scheu, wie in banger Erwartung die Frage:

»Und Reinhold …?«

Er wandte sich ab, und sie griff nach seiner Schulter.

»Willy! – Will!«

»Ich kann nicht!«

»Ich bitte dich Will ...«

»Quäle mich nicht, nicht jetzt! ... Ich kann nicht. – Später! – Habe Geduld mit mir.«

»Armer Junge! ... Du wirst es lernen, auch ihn lieb zu haben. Und wenn ich nicht wieder besser werde, dann werdet ihr euch auch ohne mich finden, nicht wahr? – Du gehörst ihm ja, Will, gehörst ihm.«

Er stöhnte auf bei dem Gedanken, – aber er konnte nicht anders, er konnte für diesen Mann nichts empfinden, in diesem Augenblicke unmöglich etwas für ihn empfinden.

Sie fühlte es, – und deshalb fing sie an zu bitten und zu flehen, aber ihre Stimme wurde immer tonloser, sie sprach weiter und weiter, aber ihre Worte verwirrten sich, und sie lallte nur noch im Fiebertraum.

Der Anfall war heftiger als alle früheren.

Sie stöhnte auf, warf sich und schlug um sich, als ob jemand sie mit Gewalt niederzwingen wollte.

Dann, als er die Besinnungslose mit Schmeicheln zu besänftigen suchte, und ihre Hände ergriff, wurde sie ruhiger. –

Er saß an ihrem Lager, und Stunde um Stunde verstrich. –

Dann kam die Wärterin und löste ihn ab.

Er blieb im Nebenzimmer und legte sich auf die Chaiselongue, wo er nach langem Wachen in einen Halbschlummer verfiel, aus dem er bei dem geringsten Geräusche aufschreckte, um gleich wieder vor Müdigkeit in Schlaf zurückzufallen. –

20.

Grau und fahl stieg der Morgen auf.

Der Tag schien seine Wimpern träge und schläfrig aufzuschlagen.

Der Himmel war völlig bezogen, und schwere Nebel schleiften über die Erde hin.

Gegen Morgen hatte sich Willy, da die Kranke sehr ruhig war, schlafen gelegt, und es war hoch an der Zeit, als er sich erhob.

Er schickte zu Mignon hinüber, um ihr, wie er versprochen hatte, Nachricht zu geben.

Als der Diener zurückkam, meldete er, dass der Professor heut früh heimgekehrt sei.

Mignon sandte ihm eine Karte, in der sie ihm mitteilte, sie wolle noch heute dem Vater alles gestehen. Sie könne die Ungewissheit nicht länger ertragen.

Willy erschrak. Jetzt musste sie die volle Wahrheit erfahren.

Einmal musste es ja doch sein. Es war auch so gut.

Der Gedanke, wie das auf sie wirken musste, trat zurück vor der Tatsache, dass Petri wieder anwesend war.

Daran hatte er noch nicht gedacht.

Was sollte jetzt geschehen?

Wenn Petri erfuhr, dass die Mutter erkrankt war, so war es unausbleiblich, dass er sofort herüberkam, um sich persönlich zu erkundigen.

Wie sollte das werden? –

Willy fühlte nicht mehr die Kraft, ihm als Ankläger gegenüberzutreten. Seine Energie war gebrochen.

Er hatte ihr das halbe Versprechen gegeben, dass alles noch gut werden würde.

Einen Augenblick kam ihm der Gedanke, ihn zu benachrichtigen: Er wisse alles und werde jetzt, wo die Mutter krank liege, nicht dulden, dass er sich ihr nähere.

Er wollte nicht dulden? Wollte seinem Vater wehren? –

Hatte er auch nur den Schein des Rechtes dazu? ...

Durch diese peinigende Ungewissheit geriet er in eine fast fieberhafte Angst.

Endlich ergab er sich darein, abzuwarten. Er konnte ja vorläufig nichts tun.

Die Mutter war für kurze Zeit zur Besinnung gekommen. Allein er hatte ihr das Sprechen verwehrt, auf Anordnung des Arztes, der ihren Zustand lange untersucht hatte, aber sich nicht aussprach.

Dann hatte sie wieder das Bewusstsein verloren, und das Fieber steigerte sich in einem Grade, dass Willy an dem ernsthaften Gesichte des Arztes sofort erkannte, dass er mit der Gefahrlosigkeit nicht die Wahrheit gesprochen hatte.

Diese jähe Wendung machte ihn ganz ratlos. –

Willy war hinaufgegangen. Doktor Braun war in ärgerlichster Stimmung. Niemand kümmerte sich recht um ihn, und der Arzt, der vorhin bei ihm gewesen war, hatte sich derart unklar ausgesprochen, dass er ihn nur unruhiger gemacht hatte.

Willy berührten diese kleinlichen Nörgeleien des Kranken unangenehm, und er verließ ihn schon nach kurzer Zeit wieder.

Das konnte er jetzt nicht ertragen. –

Drunten kam ihm der Gedanke an Mignon.

Seine Schwester! –

Es war ein so eigentümliches Gefühl.

Und wie gezwungen sagte er sich das Wort immer wieder vor.

Er konnte nicht mehr anders an sie denken.

Ihm war, als sei er ihr jetzt erst recht nahe gekommen. Und eine unbezwingliche Sehnsucht überkam ihn, sie zum ersten Male mit diesem Namen anzureden, den seine Lippen noch nie ausgesprochen hatten.

Er hatte ja nur seine Mutter gehabt, er war allein aufgewachsen, und jetzt fand er jemand, auf dessen Liebe er ein Recht hatte.

Wenn er sie nur erst gesehen hatte.

Ein paarmal schon hatte er geglaubt, sie komme.

Allein es war immer etwas anderes gewesen, einmal ein Mädchen von Onkel Jack, der sich erkundigen ließ und ankündigte, dass er im Laufe des Nachmittags sich herüber wagen wolle.

Dann der Briefbote mit einem Briefe Lautners aus Hamburg, wohin er Wurm zuliebe mitgefahren war, um den Proben zu dessen Oper mit beizuwohnen. –

Bei jedem Geräusche vermutete er, es sei Mignon.

Er hatte in den wenigen Stunden Schlaf, die er sich gegönnt, von ihr geträumt ...

Sie waren allein auf einer im Weltmeer verlorenen Insel gewesen.

Und plötzlich war die Flut gekommen, und sie hatten sich auf einen Felsen gerettet.

Allein die Wellen schlugen immer höher und leckten gierig an den Klippen.

Immer höher stiegen sie. Und dann hatte eine stürmende Woge ihm Mignon entrissen.

Und er hatte ihr nicht helfen können, die Wasser warfen sich ihm entgegen, er rang mit ihnen, aber er konnte nur sehen, wie sie vor seinen Augen versank.

Dann war er erwacht. –

Jetzt sehnte er sich nach ihr.

Er musste sie sehen, um ruhig zu werden, denn der hässliche Traum hielt ihn noch immer im Bann.

Ruhelos eilte er im Hause hin und her, und spähte, ob sie noch nicht kam. –

So verstrichen die ersten Morgenstunden.

Es war endlich Tag geworden.

Allein dann hatte sich der Himmel wieder verfinstert, und einzelne Schneeflocken irrten wie verloren in der Luft.

Es wurden ihrer immer mehr, sie verdichteten sich, und die Flocken wurden immer größer.

Jetzt wurde es ein ganz tolles Gewirr.

Das tanzte in dem spielenden Winde wie wild durcheinander. –

Gegen Mittag hatte Willy die Wärterin auf eine Stunde fortgeschickt.

Sie wollte einiges besorgen und zugleich daheim zu Mittag essen.

Willy war mit der Mutter wieder allein.

Der leichte Schnee trieb gegen die Fenster.

Die ersten Flocken tauten wieder fort auf der Erde, die noch die letzte Sonnenwärme barg.

Dann blieb der Schnee an einzelnen Stellen liegen.

Zuerst verfing er sich in den Zweigen der Bäume, dann blieb er auf den Staketen und Mauern liegen und der Wind trieb ihn über die feuchte Erde, wo er sich auf dem nassen Schlickerschnee anhäufte.

Und jetzt mehrten sich diese Stellen.

Der Wind trieb immer neue Flocken an diese weißen Inseln, dass sie mit jedem Augenblicke wuchsen und wuchsen.

Dann fegte er oft mit einem einzigen Stoße die ganze Arbeit wieder auseinander, dass die tausend Flocken hoch emporwirbelten, sich mit den eben erst niederfallenden mischten und nun einen augenverwirrenden Tanz aufführten. –

Lange stand Willy am Fenster, um dem beginnenden Schneesturme zuzuschauen.

Dann wandte er sich wieder der Kranken zu.

Ihre Hände glühten wie im Feuer, und zuweilen flog ein Frost schüttelnd durch ihre Glieder.

Dann wieder lag sie eine Zeit lang reglos, als seien all ihre Kräfte gebrochen, bis ihr schwerer Atem in heftigen Stößen aufs Neue durch das Gemach röchelte, wie das Stöhnen eines mit dem Tode ringenden.

Es war totenstill im Hause. Niemand wagte es, auch nur das leiseste Geräusch zu machen ...

Plötzlich schlug drunten die Tür. –

Ein hastiges Stimmengewirr, dass die Kranke aus ihren Kissen auffuhr, aber matt und kraftlos wieder zurücksank, bewusstlos.

Willy horchte.

War das nicht Mignon ...?

Jetzt hörte er seinen Namen.

Er eilte hinaus.

Das Mädchen suchte die Aufgeregte zu beschwichtigen, die sich den Eintritt zu dem Krankenzimmer erzwingen wollte.

Als Willy in der Tür erschien, riss sie sich los und stürzte ihm entgegen.

Sie zitterte am ganzen Leibe.

Er zog sie hastig in das erste Zimmer hinein. Allein sie entwand sich ihm und eilte weiter, durch das Boudoir in das Krankenzimmer.

Vor dem totenblassen Gesichte Frau Annas jedoch wich sie wieder zurück, und warf sich in Willys Arme.

»Hilf mir, Will, hilf mir«, flehte sie fassungslos. »Sie haben mir wehren wollen, zu dir zu kommen. Horch! Wer kommt. – Bitte, bitte ... mach die Türen zu. – Ich musste zu dir.«

»Komm Mignon, komm.«

Und er führte sie langsam in das kleine Zimmer, um die Mutter nicht zu stören.

»Aber Mignon, was ist denn? So sprich doch.« Sie strich sich über das wirre Haar, in dem die Schneeflocken geschmolzen waren und wie Perlen hingen.

So wie sie gewesen, war sie durch das Schneetreiben geeilt.

Sie schmiegte sich an ihn, fasste nach seinem Kopfe, und in ihrer Herzensangst liebkoste sie ihn mit irrer zitternder Hand; ohne zu wissen, was sie tat.

»Du verlässt mich nicht … Ich bitte dich, Will, du verlässt mich nicht. – Ich weiß nicht was sie reden. Ich verstehe kein Wort mehr. Nur das eine fühle ich, dass sie dich mir nehmen wollen …«

Sie schmiegte sich fester an, und indem sie den Kopf an seine Brust legte und ihn mit beiden Armen umfasste, flüsterte sie:

»Du hast mich noch immer lieb, du behältst mich auch lieb, ja? – Wer hat es mir denn eben gesagt, ich dürfe dich nicht lieben? – Du wärest mein Bruder, und deshalb …«

Sie lachte wie gequält.

»Es ist ja nicht wahr. Wie soll denn das sein? – Nicht wahr, es ist nicht wahr? Sie sagen das alles nur, weil sie uns trennen wollen; aber sie werden es doch nicht können. – Es ist nicht so, – sag mir doch, dass es nicht so ist! … Ich werde ja sonst wahnsinnig! … Ich weiß nicht mehr, was ich sage, was ich tue …«

»Mignon, ich bitte dich, werde doch ruhig.«

Sie machte sich halb von ihm los, ängstlich und lauschte.

»Horch, es kommt wer …«

»Nein, Mignon, es kommt niemand.«

»Dulde es nicht, dulde es nicht, Will. Sie haben mich nicht fortlassen wollen. Minna nicht und Vater. Ich bin ihnen doch entwischt, Sie kommen ja doch, und wollen mich holen …«

»Aber Mignon, es will dir niemand etwas zuleid tun.«

»Wie gut du bist, wie gut. Nein, du leidest es nicht. Mein Kopf tut mir ja so weh … Weshalb haben sie das nur gesagt? Es ist so schlecht von ihnen. Ach Will … Will …!«

Ihr erregtes fahriges Wesen erschreckte ihn, ihre Augen suchten im Zimmer umher, und dabei schien sie angespannt zu lauschen.

Jetzt schlug drunten wieder die Tür. Die Stimme kannten sie beide.

Sie frug nach Mignon.

Dann hörten sie hastige, suchende Schritte.

Sie wollte aufspringen, allein er hielt sie, sodass sie beide fast über einen umschlagenden Teppich zu Boden gestürzt wären.

Aber er hielt sie. –

Dann wurde die Tür ungestüm aufgerissen, und nun standen sie sich gegenüber …

Einen Augenblick kochte es in ihm. Unwillkürlich ballten sich seine Fäuste.

Es war, als ob er sich auf ihn stürzen wollte.

Einen Augenblick nur, eine Bewegung des Schreckens, der instinktiven Abwehr.

Aber Mignon hatte die Bewegung gesehen.

Sie riss sich von ihm los und warf sich an die Brust ihres Vaters, der sie beim Namen gerufen hatte, warf sich ihm mit heftiger Gebärde entgegen, als wolle sie ihn vor einer drohenden Gefahr schützen. –

Die beiden Männer sahen sich an, und sie wussten ohne ein Wort, dass sie sich nichts mehr zu sagen hatten ...

Petri sah es an Willys Augen, dass es kein Geheimnis mehr zwischen ihnen gab.

An ihm vorüber sah er durch die offene Tür in das Halbdunkel des Krankenzimmers und sah, während er sein Kind fester an sich presste, als ob die Kranke sich aufrichte.

Wie Todfeinde hatten sie sich gegenüber gestanden, Auge in Auge und hielten stumme Abrechnung miteinander.

Dann streckte der Mann seine Hand vor, suchend, tastend, sein ganzes Wesen schien sich zu ändern, er stand da wie ein Bittender, und indem er auf das Kind niedersah, das er mit dem andern Arm umschloss, sagte er leise:

»Willy ...!«

Aber der wehrt ihm, und als ob jener zu der Mutter eindringen könne, stellte er sich vor die offene Tür wie zum Äußersten entschlossen.

»Nein! ... Nein!«

Er knirschte es zwischen den Zähnen durch, fast unhörbar.

Aber der andere hörte es, und er wusste, dass er in diesem Augenblicke nichts gegen dieses harte unerbittliche Nein vermochte.

Er gab es auf zu bitten, denn er fühlte, wie ihm Mignon schwer und schwerer im Arm hing.

Mit einem letzten, Versöhnung suchenden Blicke, hob er sein Kind auf, das besinnungslos in seinem Arm lag, und trug es hinaus in den Schnee, – aus dem Hause, aus dem ihn sein Sohn hinauswies ...

Er hatte kein Recht, ihm zu trotzen, jetzt nicht; er konnte nur als ein Bittender wiederkehren, und er wusste, dass Bitten hier jetzt kein Gehör finden konnte. – –

Willy stand noch immer vor der Tür, trotzig abwehrend, dass seiner Mutter niemand nahe kommen konnte.

Dann aber löste sich die Erbitterung in ihm.

Um seiner Schwester willen! –

Er wandte sich der Mutter zu.

Wie gebrochen sank er an ihrem Lager nieder und griff nach der Hand, die so matt und lässig herabhing.

Dann – als stocke ihm das Blut für einen Augenblick. –

Das war ja kein Leben mehr ...

Das war der Tod, der heimlich gekommen war, sich hinterrücks eingeschlichen und ihm das Liebste geraubt hatte, was er je besessen.

Und voller Entsetzen wich er zurück. –

Er hatte den Tod noch nie gesehen, und er musste immer in dieses bleiche, kalte Gesicht starren, in diese halbgeöffneten Augen mit dem gebrochenen Blicke, die er ihr nicht zu schließen wagte.

Ihm graute vor dem Tode.

Und das Entsetzen war so übermächtig lähmend, dass der Schmerz nicht in ihm aufkommen konnte. –

21.

Er war wie gelähmt, allein endlich hatte er es doch über das Herz gebracht, ihr den letzten Liebesdienst zu erweisen.

Dann, ohne den Mut zu finden, es den andern zu sagen, setzte er sich an den Tisch, stützte den Kopf in die Hände und schluchzte auf in wilder, endloser Qual.

Noch lag Hass in seinem Herzen gegen den Mann, der eben hier eingedrungen war, den er von der Schwelle des Zimmers hatte fortweisen müssen.

Er war es gewesen, der ihm alles geraubt hatte, seinen Glauben, seine Liebe; sodass der Tod ihn jetzt nicht mit Schmerz, sondern nur mit Entsetzen erfüllen konnte, dass er ihn fast wie eine Erlösung willkommen hieß.

Hinter seinem Rücken hatte sich der Tod eingeschlichen. Während er sich um seine aufgeregte Schwester gesorgt hatte, war seine Mutter gestorben.

Vielleicht hatte sie noch gehört, wie er seinem Vater entgegengetreten war. –

Die ganze Welt schien ihm aus den Fugen zu sein. Er wusste nicht mehr, was Recht und was Unrecht war. Alles um ihn herum war zusammengebrochen, und nun stand er allein da, und kannte sich nicht mehr aus in dieser fremden Welt, die ihn mit Angst und Grauen erfüllte.

Nun war die Mutter tot. Sie nahm das Geheimnis mit ins Grab. Allein in seinem Herzen war es auferstanden, und marterte und quälte ihn und ließ ihm nicht einen Augenblick Ruhe.

Während er so im Sessel saß und nachgrübelte, fiel sein Blick durch die weit offenstehende Tür auf den zierlichen Schreibtisch.

Dort hatte er einst den Brief gefunden.

Dort lag noch alles wie damals, wirr durcheinander.

Wenn jemand die Briefe fand! –

Nein! Das durfte nicht sein.

Es war seine Pflicht, jetzt die Briefe zu vernichten, alle – so schnell wie möglich.

Er ging auf den Schreibtisch zu, und wie gestern Nacht – nur dieses Mal mit vollem Bewusstsein, tastete er an den Schubfächern herum.

Er sah, so konnte er die Schreibklappe nicht öffnen Mit roher Gewalt – das erweckte Verdacht. Und das durfte nicht sein. Um keinen Preis.

Den Schlüssel trug die Mutter stets bei sich.

Er musste also ...

Der Gedanke durchfuhr ihn mit Schaudern.

Das hieß, sich an der Toten vergreifen!

Er wollte rufen, sie sollten wissen, dass seine Mutter nicht mehr war. Man würde den Schlüssel finden, und dann bot sich schon eine Gelegenheit.

Doch nein – noch sollte kein Mensch etwas erfahren.

Solange es niemand wusste, schien ihm, als habe er sie noch nicht ganz verloren.

Es war alles so still. Sie gingen ahnungslos ihren Geschäften nach, und ein einziges Wort würde genügen, um sie alle aufzurütteln; wie ein Gedanke genügt hatte, um aus ihm einen anderen Menschen zu machen.

Er musste den Schlüssel haben, ehe sie kamen.

Aber er traute sich nicht in das Zimmer zurück, wo die Tote lag.

Endlich entschloss er sich. Es musste sein.

Nun stand er vor dem Lager. –

Er sah die feine rote Schnur, an der der Schlüssel hing, wie sie sich abzeichnete auf dem bleichen Halse, gleich einem schmalen Blutstreifen.

Er überwand sein Grauen.

Er zerrte an der Schnur, aber sie gab nicht nach. Der Schlüssel musste sich verhakt haben.

Seine Hände zitterten.

Endlich zerriss die Schnur, aber die Bewegung war so heftig, dass ihm schien, die Tote rege sich.

In bangem Entsetzen stürzte er aus dem Zimmer; er hatte den Schlüssel. –

Und dabei quälte ihn der Gedanke, als habe er einen grauenvollen Frevel begangen ...

Er musste warten, bis er sich darüber beruhigte.

Endlich öffnete er die Schublade. –

Eine Fülle von Briefen quoll ihm entgegen.

Er sah, dass sie von verschiedenster Hand waren, allein er hatte nicht die Geduld, sie zu sondern.

Er wollte von dem Inhalte nichts wissen.

Mochte drin stehen, was wollte.

Er ergriff die Briefe, eine Handvoll, wie er sie fasste, und ging zum Kamin, um sie in die Flammen zu werfen.

Immer wieder musste er den Weg vom Kamin zu dem Schreibtische machen.

Hie und da entfiel seinen bebenden Händen ein Brief, und er musste die zerstreut liegenden wieder auflesen.

In einem Fache, zu unterst, lag eine Fotografie.

Als er sie umkehrte: Reinhold Petri! –

Einen Augenblick zauderte er, dann warf er auch die in den Kamin.

Er setzte sich in einen Sessel vor den Kamin und sah dem Zerstörungswerke zu.

Das Feuer war unter der Masse der Briefe fast erstickt.

Nur an den Seiten schwelten kleine Flämmchen und leckten an den Ecken der überragenden Blätter.

Mit dem Haken musste er die Glut wieder frei machen, er wühlte in dem Stoß Papier, und dann brach die Flamme endlich durch.

Langsam begann sie ihre Arbeit.

Ein dichter grauer Qualm drang in das Zimmer.

Denn der Wind fuhr heulend in dem Kamin herab, dass die Funken nach allen Seiten schlugen.

Einzeln fast musste er die Briefe in die Glut schieben, bis dicke graue und schwarze sich zusammenknüllende Flocken zurückblieben, die er immer wieder beiseite schob, damit die Flamme durch konnte.

Es war eine langsame, qualvolle Mühe.

Einen Augenblick vergaß er darüber, dass nebenan eine Tote lag, einsam und verlassen.

Seine Blicke wandten sich nicht von dem Zerstörungswerke ab.

Endlich war der letzte Brief verkohlt. Und nun legte er frisches Holz auf, damit man nichts merkte, und öffnete die Fenster, dass der ekle Qualm abziehen konnte. –

Der Schreibtisch stand noch auf.

Er verschloss ihn, und warf dann den kleinen Schlüssel in die Glut.

Es sollte nichts übrig bleiben. –

Ihm war, als sei er von einer beängstigenden Qual befreit.

Er hatte seine Mutter gerettet. – Er hatte ihr versprochen, dass nie ein Mensch etwas erfahren sollte, dass vor allem der Mann, der ihm Vater gewesen war, nie die Wahrheit ahnen solle.

Das Bewusstsein, durch sein Schweigen ein grausames Geheimnis zu bewahren, verlieh ihm Kraft über sich selbst. – –

Er hatte seine Mutter verloren. –

Nicht der Tod hatte sie ihm genommen.

Seit er nicht mehr an sie glauben konnte, hatte er sie verloren.

Er hatte Mignon geliebt. Und es war seine Schwester.

Es galt jetzt, sich die Schwester zu gewinnen.

Droben der hilflose Kranke. Für ihn musste er jetzt leben, musste er schweigend dulden.

Der andere, der sein Vater sein sollte, galt ihm nichts.

Er konnte nichts für ihn fühlen. Er wusste, dass er ihm immer ein Fremder bleiben würde ...

Seine Mutter! – Wie hatte er sie geliebt, abgöttisch, maßlos.

Nur für sie, in der Liebe zu ihr hatte er gelebt.

Dann war er aufgeschreckt aus seinem Traum. Und das Bild seiner Mutter sank in den Staub.

Würde er je die Kraft haben, es wieder aufzurichten jemals? –

Nebenan lag die Tote.

Der Mund, der ihm so manches liebe Wort gesagt hatte, der mit seinen letzten Worten ihn … ihn um Vergebung angefleht hatte, war auf ewig verstummt.

Sie war gegangen und hatte ihn allein gelassen. –

Wie grauenhaft still es war.

Nur die frischen Scheite im Kamin regten sich knackend und feuerknisternd. –

Was war ihm jetzt noch das Leben.

Er trat ans Fenster und presste die fieberheiße Stirn an die kalten Scheiben.

Droben pochte es …

Es war der Vater, der mit dem Stock auf den Boden stieß, damit man ihn hören solle.

Es klang wie das laute Klopfen eines Totenwurms. –

Wie sollte er ihm sagen, dass sie tot sei, seine Mutter! …

Wie würde der alte, gebrochene Mann es aufnehmen.

Er selbst war noch so jung. Ein ganzes Leben voller Kampf, voller Herzenseinsamkeit lag vor ihm.

Die Zukunft breitete sich vor ihm aus, wie die Schneedecke da draußen, die immer dichter und dichter wurde. –

Unaufhörlich wirbelten die tanzenden weißen Flocken vom Himmel und kreisten wirr durcheinander.

Der Wind trieb sein neckisches Spiel mit ihnen, griff sie vom Boden auf, warf sie in die Luft und jagte sie weiter und weiter. –

Und unaufhörlich, ohne Ende, fielen immer neue herab.

Der Himmel wob der frosterstarrten toten Erde ein fleckenloses, weißes Leichentuch, unter dem alles Lebendige begraben wurde, bis dass der neue Frühling neues Leben weckte …

22.

Und der Frühling kam mit schmeichelnden Lüften und bunter Blumenpracht.

In der kleinen Villa der Sophienstraße war es stiller geworden als je.

Willy hatte sich ganz der Krankenpflege des Doktor Braun zu widmen, der nach dem Tode seiner Frau allen Lebensmut verloren hatte.

Er sollte durchaus nach dem Süden, allein er konnte sich nicht dazu verstehen.

Ein paarmal hatte er gefragt, weshalb eigentlich der Professor nichts von sich hören ließ. Willy konnte ihm nur mitteilen, dass er mit der schwerkranken Mignon nach der Schweiz gereist war.

Die Gedanken des jungen Mannes weilten oft bei dem Mädchen, das seine Schwester war. Er sehnte sich nach ihr, denn kaum, dass er sie gefunden hatte, war sie ihm auch schon entrissen.

Ein heftiges Fieber war infolge der Aufregung bei ihr ausgebrochen, und ihr erschüttertes Gemütsleben stand in größter Gefahr.

Petri war völlig gebrochen, all seine Sorge richtete sich auf das Kind, denn er gab jede Hoffnung auf, Willy zu versöhnen. Er hatte keinerlei Versuch mehr gewagt. Vielleicht, dass die Zukunft sie einmal einander näher brachte. –

Für Willy begann eine Zeit fürchterlichster Qual, aber er fand die Kraft, sein Versprechen zu halten.

Kein Wort verriet dem Kranken, was in der Seele des jungen Mannes vorging. Er plauderte über die Mutter, er hörte die Erinnerungen seines Vaters an, der von der Toten wie von einer Heiligen sprach, und so verwischte sich denn auch in ihm allmählich der Eindruck dieser letzten ereignisvollen Tage.

Er lernte nicht nur vergeben, sondern auch vergessen –

Im folgenden Sommer folgte der Doktor Braun seiner Frau, und Willy stand ganz allein in der Welt.

Jetzt aber bewies Onkel Jack, was für ein prächtiger Mensch er war. Er siedelte in das Haus der Sophienstraße über, er ward Willys väterlicher Berater, und eine herzliche Freundschaft verband sie von dem

Tage ab, als Willy ihm seine Seelenqual gestand, weil er einzig so Ruhe zu finden hoffte.

Wurde ihm einmal gar zu schwer, dann brauchte der Musiker sich nur an den Flügel zu setzen, um Willy die schwarzen Gedanken mit seinen Melodien zu vertreiben.

Er hatte ein Grauen vor der Liebe, sie schien ihm etwas Entsetzliches, das nur vernichtete und zerstörte; eine Gewalt, der nichts heilig war.

So lebte er einsam seiner Arbeit, mit der steten Furcht, dass auch ihn einst die Macht der Liebe ergreifen konnte; ohne zu bedenken, dass einzig eine edle aufrichtige Liebe imstande war, ihm den Glauben wiederzugeben, den Glauben an die Menschheit, der ihm nach diesen niederschmetternden Schicksalsschlägen für immer verloren schien.

Erzählungen der Frühromantik

Karl-Maria Guth (Hg.)

Erzählungen der Frühromantik

HOFENBERG

1799 schreibt Novalis seinen Heinrich von Ofterdingen und schafft mit der blauen Blume, nach der der Jüngling sich sehnt, das Symbol einer der wirkungsmächtigsten Epochen unseres Kulturkreises. Ricarda Huch wird dazu viel später bemerken: »Die blaue Blume ist aber das, was jeder sucht, ohne es selbst zu wissen, nenne man es nun Gott, Ewigkeit oder Liebe.«

Tieck Peter Lebrecht **Günderrode** Geschichte eines Braminen **Novalis** Heinrich von Ofterdingen **Schlegel** Lucinde **Jean Paul** Des Luftschiffers Giannozzo Seebuch **Novalis** Die Lehrlinge zu Sais
ISBN 978-3-8430-1878-4, 416 Seiten, 29,80 €

Erzählungen der Hochromantik

Karl-Maria Guth (Hg.)

Erzählungen der Hochromantik

HOFENBERG

Zwischen 1804 und 1815 ist Heidelberg das intellektuelle Zentrum einer Bewegung, die sich von dort aus in der Welt verbreitet. Individuelles Erleben von Idylle und Harmonie, die Innerlichkeit der Seele sind die zentralen Themen der Hochromantik als Gegenbewegung zur von der Antike inspirierten Klassik und der vernunftgetriebenen Aufklärung.

Chamisso Adelberts Fabel **Jean Paul** Des Feldpredigers Schmelzle Reise nach Flätz **Brentano** Aus der Chronika eines fahrenden Schülers **Motte Fouqué** Undine **Arnim** Isabella von Ägypten **Chamisso** Peter Schlemihls wundersame Geschichte **Hoffmann** Der Sandmann **Hoffmann** Der goldne Topf
ISBN 978-3-8430-1879-1, 408 Seiten, 29,80 €

Erzählungen der Spätromantik

Karl-Maria Guth (Hg.)

Erzählungen der Spätromantik

HOFENBERG

Im nach dem Wiener Kongress neugeordneten Europa entsteht seit 1815 große Literatur der Sehnsucht und der Melancholie. Die Schattenseiten der menschlichen Seele, Leidenschaft und die Hinwendung zum Religiösen sind die Themen der Spätromantik.

Brentano Die drei Nüsse **Brentano** Geschichte vom braven Kasperl und dem schönen Annerl **Hoffmann** Das steinerne Herz **Eichendorff** Das Marmorbild **Arnim** Die Majoratsherren **Hoffmann** Das Fräulein von Scuderi **Tieck** Die Gemälde **Hauff** Phantasien im Bremer Ratskeller **Hauff** Jud Süss **Eichendorff** Viel Lärmen um Nichts **Eichendorff** Die Glücksritter
ISBN 978-3-8430-1880-7, 440 Seiten, 29,80 €

Dekadente Erzählungen

Erzählungen aus dem Sturm und Drang

Erzählungen aus dem Sturm und Drang II

Dekadente Erzählungen

Im kulturellen Verfall des Fin de siècle wendet sich die Dekadenz ab von der Natur und dem realen Leben, hin zu raffinierten ästhetischen Empfindungen zwischen ausschweifender Lebenslust und fatalem Überdruss. Gegen Moral und Bürgertum frönt sie mit überfeinen Sinnen einem subtilen Schönheitskult, der die Kunst nichts anderem als ihr selbst verpflichtet sieht.

Rainer Maria Rilke Die Aufzeichnungen des Malte Laurids Brigge **Joris-Karl Huysmans** Gegen den Strich **Hermann Bahr** Die gute Schule **Hugo von Hofmannsthal** Das Märchen der 672. Nacht **Rainer Maria Rilke** Die Weise von Liebe und Tod des Cornets Christoph Rilke

ISBN 978-3-8430-1881-4, 412 Seiten, 29,80 €

Erzählungen aus dem Sturm und Drang

Zwischen 1765 und 1785 geht ein Ruck durch die deutsche Literatur. Sehr junge Autoren lehnen sich auf gegen den belehrenden Charakter der - die damalige Geisteskultur beherrschenden - Aufklärung. Mit Fantasie und Gemütskraft stürmen und drängen sie gegen die Moralvorstellungen des Feudalsystems, setzen Gefühl vor Verstand und fordern die Selbstständigkeit des Originalgenies.

Jakob Michael Reinhold Lenz Zerbin oder Die neuere Philosophie **Johann Karl Wezel** Silvans Bibliothek oder die gelehrten Abenteuer **Karl Philipp Moritz** Andreas Hartknopf. Eine Allegorie **Friedrich Schiller** Der Geisterseher **Johann Wolfgang Goethe** Die Leiden des jungen Werther **Friedrich Maximilian Klinger** Fausts Leben, Taten und Höllenfahrt

ISBN 978-3-8430-1882-1, 476 Seiten, 29,80 €

Erzählungen aus dem Sturm und Drang II

Johann Karl Wezel Kakerlak oder die Geschichte eines Rosenkreuzers **Gottfried August Bürger** Münchhausen **Friedrich Schiller** Der Verbrecher aus verlorener Ehre **Karl Philipp Moritz** Andreas Hartknopfs Predigerjahre **Jakob Michael Reinhold Lenz** Der Waldbruder **Friedrich Maximilian Klinger** Geschichte eines Teutschen der neusten Zeit

ISBN 978-3-8430-1883-8, 436 Seiten, 29,80 €